KU-793-553

4.14

DM 10/01

COLEG LLANDRILLO COLLEGE
CANOLFAN ADNODDAU LLYFRGELL
LIBRARY RESOURCE CENTRE

Sgribls Hogan Flêr

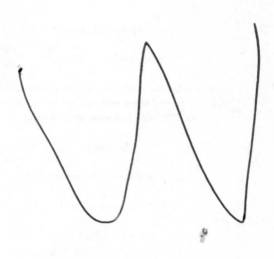

i Ifan Bryn a Greta Fflur

Hoffwn ddiolch i'r canlynol am eu help wrth ysgrifennu'r nofel: Jâms, Mam, Nora, Cadi a Heulwen, Elan, Ceri, Lowri, Angharad, Manon a Nia, Cyngor Llyfrau Cymru a'r Lolfa.

COLEG LLANDRILLO COLLEGE
LIBRARY RESOURCE CENTRE
CANOLFAN ADNODDAU LLYFRGELL

Casgliad Cymraeg   10/01
Ffuglen
065336 CYM FFUGLEN LAS

Argraffiad cyntaf: 2001

℗ Hawlfraint Gwen Lasarus a'r Lolfa Cyf., 2001

Mae hawlfraint ar gynnwys y llyfr hwn ac mae'n anghyfreithlon llungopïo neu atgynhyrchu unrhyw ran ohono trwy unrhyw ddull ac at unrhyw bwrpas (ar wahân i adolygu) heb ganiatâd ysgrifenedig y cyhoeddwyr ymlaen llaw.

Clawr: Cowbois

Cyhoeddwyd dan gynllun Comisiynu Cyngor Llyfrau Cymru

Rhif Llyfr Rhyngwladol: 0 86243 568 4

Cyhoeddwyd yng Nghymru
ac argraffwyd ar bapur di-asid a rhannol eilgylch
gan Y Lolfa Cyf., Talybont, Ceredigion SY24 5AP
e-bost ylolfa@ylolfa.com
y we www.ylolfa.com
ffôn (01970) 832 304
ffacs 832 782
isdn 832 782

sgribls

Hogan Flêr

GWEN LASARUS

y Lolfa

DYDD GWENER (3.00 o'r gloch y pnawn)

Ches i ddim un cardyn Ffolant heddiw, dim un, wel…
ond un… gin Medwyn Parry, ac roedd y brych 'di
seinio ei enw. Holl bwynt cardia Ffolant ydi'r
rhamant o beidio â gwbod pwy anfonodd y dam peth.
Mae Medwyn Parry yn rîli mynd ar fy nerfa i y dyddia
'ma… O'dd o wedi sgwennu, *'I Corin, cariad a sws,*
M.P.' Iyc. Dwi wedi cadw'r cardyn i ddangos i Kells.
Gawn ni laff! Sgwennish i hyn ar gardyn Ffolant
Steve:

> *Steve you are my love*
> *My hope, my heart*
> *Your hair so sleek, so shiny black*
> *We go together like a horse and cart.*

   Wel, anfonish i saith ato fo a deud y gwir.
Roedd o wedi mopio dwi'n siŵr.

DYDD SUL (2.00 o'r gloch y pnawn)

Hen ddiwrnod hyll. Dwi'n styc yn y byngalo 'ma'n
sbio ar y walia. Hen bapur wal hyll, ond 'na fo, Mam

sy wedi ei ddewis o, ac mae hi yn ei licio fo'n iawn. *'Papur wal da,'* yn ôl hi. 'Di costio hyn a hyn o bunnoedd a pha mor lwcus ydw i i gael papur wal yn fy stafall wely. Paent *lime green* ac oren dwi isio eniwe.

'Gei di neud fel fynnot ti ar ôl iti adal y nyth, mechan i.'

Faswn i'n mynd rŵan taswn i'n cael hannar cyfla, ond cha i ddim. Dwi ond tair ar ddeg ac mae hynny'n rhy ifanc medda *nhw*. Mi eith Steve â fi o'ma. Steve ydi'r hogyn – sori dyn – dela yng Ngwynedd, ac mae o'n fy ffansïo i. *Fi!* Dwi'n siŵr ei fod o – nath o sbio arna i am bedwar eiliad a hanner ddydd Gwener. *God!* O'n i'm yn gwbod lle i sbio. Ddeudodd Kelly 'mod i wedi cochi, ond dydi hi ond yn deud hynna achos ei bod hi'n ca'l *crisis* ar hyn o bryd. Mae hi newydd ffeindio fod ei thad hi'n cael affêr hefo'i ysgrifenyddes o.

Sôn am *gliché*, a *boring*, ond mae Kelly druan mewn stad.

Dwi'n meddwl ei bod hi wedi cael sioc fod ei thad yn ei neud 'o o gwbwl.

Pob nos Wenar maen *nhw* (Mam a Dad ydi *nhw* o hyn ymlaen) yn ei neud o. Ych a fi! Maen nhw'n meddwl nad ydw i'n gwbod ond dwi'n gwbod yn iawn. *Ych a fi!* Maen nhw'n smalio eu bod nhw'n mynd i'w gwlâu i gysgu, achos syth ar ôl y newyddion mae Dad yn gneud mygiad o *Horlicks* iddo fo a Mam ac maen nhw'n rhyw fymblian eu bod nhw wedi ymlâdd ar ôl wsnos yn yr ysgol 'na hefo plant amhosib fel fi.

Cheek! A *sad*, yndê? Mae fy rhieni i, y ddau ohonyn nhw, yn athrawon, ond yn waeth, llawar, llawar gwaeth, maen nhw'n athrawon yn fy ysgol i!!

Dwi'n *depressed* eto rŵan.

Dwi'n mynd i gael *Pot-noodle* a *Twix* i de.

NOS FERCHER (7.00 o'r gloch)

Daeth Anti Jini i 'ngweld i heddiw. (Côd Kelly a fi ydi hynna am gael *period*.) Os 'dan ni'n deud hynna wrth ein gilydd does 'na'm gobaith i hogia 8B gael gwbod wedyn. Mae hogia Blwyddyn 8 yn *obsessed* hefo Anti Jinis. Maen nhw mor anaeddfed a phlentynnaidd. (Ddim fath â Steve.) Does gin i ddim mynadd hefo nhw wir. Sgin Mrs Trout Biol ddim mynadd hefo nhw chwaith, fedra i ddeud. Dyna lle ma'r greadures yn trio ei gora... a be mae Blwyddyn 8 yn ei neud? Giglo bob tro mae hi'n deud *testicles* a *vagina*. Bob tro. Dwi'n licio'r gair *testicles* – mae o'n swnio fel *tickles*.

T.O.T.P ar y teli mewn pum munud – rhaid mynd rŵan cyn i Gethin fynnu ei fod o'n cael gweld fideo'r hogyn bach o America sy'n cael ei adael adra 'ben ei hun dros Dolig.

NOS FERCHER (7.35 o'r gloch)

T.O.T.P. newydd orffan – bril. 'Nath Alex o *Boy Bop* dynnu ei grys ac mae gynno fo datŵ pilipala coch ar ei ysgwydd dde. Dwi isio tatŵ pilipala ar foch chwith fy nhin. Dwi am gael un ddydd Sadwrn.

NOS IAU (9:45 o'r gloch)

Youth Club heno. 'Run hen griw yno. Diflas. Medwyn Parry yn mynnu rhechan bob dau funud. Bîns i swpar medda fo. Mae'r hogyn 'na'n *wimp* a rêl babi-mam. Mae'n syndod ei fod o'n cael dwad i *Youth Club* o gwbl gan ei fam. Mae hi'n dal i'w ddanfon o i'r ysgol bob bora a fynta'n dair ar ddeg oed.

Dwi'n gwrthod mynd yn y car hefo *nhw* er ein

bod ni i gyd yn mynd i'r un lle. Yng nhefn y bws dwi'n cael fy ffag yn bora... wel stwmp gin Kelly. Hi sy'n smocio go iawn a hi sy'n prynu sigarets. Well fel 'na...

Newydd ddod o hyd i nodyn yn fy stafall wely:
Plîs wnei di dacluso dy stafell?
Mam
Some hopes. Dwi'n mynd i 'ngwely – os fedra i ffeindio fo.

NOS WENAR (4:00 o'r gloch)

Diwrnod cynhyrfus iawn. Mi basiodd Steve fi deirgwaith ar y coridor yn 'rysgol. Oce, doedd dim rhaid imi fod o gwmpas drws stafall Chweched Dosbarth, ond ma well gin i fod yn hwyr i Cymraeg, *Physics* a *PE* jyst i weld Steve – ges i dair row ond roedd o werth o. Os ydach chi'n cael pedair row mewn diwrnod rydach chi'n cael papur melyn. Os ydach chi'n cael tri papur melyn mewn wsnos rydach chi'n cael papur glas, os ydach chi'n cael papur glas rydach chi'n ca'l *detention*, os ydach chi'n cael *detention* rydach chi'n colli'r bws, os ydach chi'n colli'r bws rydach chi'n colli te. Os ydach chi'n colli te, rydach chi'n gorfod cael *Pot-noodle* i de a swpar, sy'n grêt achos dwi wrth fy modd hefo *Pot-noodle*.

Dwi'n mynd i ga'l *Pot-noodle* rŵan.

DYDD SADWRN (10:30 o'r gloch)

Newydd godi, achos fues i'n gwylio ffilm tan hannar nos a thrio peidio â'u clywed *nhw* wrthi i fyny llofft.

Ych a fi. *Sex maniacs* ydyn nhw.

Mynd i dre ar y bws hanner dydd, felly well imi afael ynddi neu mi wnaiff Kelly fy lladd i os na fydda i ar y bws. Y ddwy ohonan ni wedi penderfynu cael tatŵs pilipalod ar focha'n tina. Fasa Mam yn wallgo tasa hi'n gwbod a fasa 'mywyd i ddim gwerth ei fyw.

NOS SADWRN (9:00 o'r gloch)

Newydd ddod 'nôl i mewn, wedi bod allan rownd pentra hefo Kelly. Does 'na ddim byd i neud yma ond cerddad rownd a rownd.

'Ti'n gneud twll yn y lôn yn cerddad rownd pentra mor amal.'

Dyna mae Dad yn ei ddeud bob yn hyn a hyn,

wel, bob tro dwi'n dŵad 'nôl i mewn ar ôl bod allan yn cerddad rownd pentra! Mae o'n meddwl ei fod o'n ddoniol. Mae Dad yn ddyn *sad* iawn. Does gynno fo ddim syniad sut beth 'di bod yn dair ar ddeg ac yn byw mewn pentra fel hwn. Mae o'n meddwl fod y Sioe Adar yn *exciting*. Neuadd Goffa yn llawn o fyjis a chaneris yn twitian nerth eu penna a phlu a bwyd adar ymhobman ac mae o'n deud fod hynna'n hwyl?

Get a life, medda fi. Doedd Dad ddim yn dallt y dywediad 'na, wir.

Eniwe, ges i ddim tatŵ ar fy nhin, doedd gin i ddim digon o bres. Ga'th Kelly un, 'nath hi ddangos o imi yn y *bogs* yn dre wedyn. Roedd o wedi chwyddo ac yn goch, i gyd ac yn edrach yn fwy fath â bymbyl-bî piws a choch na gloÿn byw.

Gawson ni ein chatio i fyny ddwywaith heddiw. Gin hogia Cae Swpyr – ac maen nhw'n hogia cŵl iawn, a gan hogia Mynydd, maen nhw'n ocê ond braidd yn hicllyd.

Pan basiodd Trendi Wendy o Flwyddyn 11 a'n gweld ni hefo hogia Cae Swpyr, o'n i'n gwbod ei bod hi'n jelys. Ond naethon nhw ddim cymryd fawr o sylw ohoni pan basiodd hi yn ei sgert at ei thin a'i sodla neud-tylla'n-mwd. Chawson ni ddim mynd i'r *flea pit* chwaith.

Os fasa hogia Cae Swpyr 'di'n ffansïo ni ddigon fyddan nhw wedi mynd â ni i'r *flea pit*. Ella nad doedd gynnon nhw ddim digon o bres.

Gafon ni *milkshake* a ffag hefo hogia Mynydd. Maen nhw'n dipyn o laff ond mae Kelly'n deud eu bod nhw'n medru bod yn wirion weithia. 'Nes i brynu paent gwinadd, un gwyrdd ac un metalig – mae nhw'n edrach yn cŵl. Mae'n siŵr fydd Mam yn cwyno ei fod o'n edrach yn goman. Mae Mam Kelly'n dwyn ei *nail varnish* hi. Mae Mam Kelly'n cŵl. Cwyno mae Kelly ei bod hi byth adra, gweithio tu ôl i'r bar yn y *Firkin and Pheasant* mae hi.

Tybed be ydi ystyr *firkin*? Mi ofynna i i Mr Shakespeare. Fo ydi'r athro Saesneg ac mae o'n ifanc. Newydd adal coleg mae o, a tydi o ddim yn gwbod sut i handlo genod ifanc tair ar ddeg oed. Dwi'n meddwl fod arno fo ein hofn ni. Mi oedd mam Kelly'n deud ei fod o'n mynd i'r *Firkin and Pheasant* am beint bob nos Fercher hefo'i fêts ar ôl chwarae *squash*.

Mi ddyla Mr Shakespeare wbod yn iawn be ydi ystyr *firkin*. Athro Saesneg ydi o wedi'r cwbwl.

Dwi'n mynd i gael *Twix* i swpar.

NOS SUL (5:00 o'r gloch)

Mam wedi gadael nodyn ar fy ngwely: *Gwna hwn!*
Hy! Gawn ni weld am hynna.

Piso bwrw drwy'r dydd a *vibes* yn y tŷ. Mam a
Dad wedi ffraeo. Mae Nain yn dŵad i aros penwsnos
nesa. Maen *nhw* wastad yn ffraeo cyn iddi ddŵad:

DAD: Mae hi'n dŵad yma ac yn deud wrth bawb
be i neud.

MAM: Peth da felly, achos mae petha'n cael eu
gwneud o gwmpas y lle 'ma wedyn.

DAD: Mi faswn i wedi eu gneud nhw beth
bynnag.

MAM: O ia! Dwi wedi clywad honna o'r blaen
hefyd.

Mi ddaw Nain 'run fath ag arfer, ac mi ddeudith
wrth Dad be i'w wneud 'run fath ag arfer, ac mi neith
Dad y gwaith 'run fath ag arfer, ac mi fydd Mam yn
hapus eto... 'run fath ag arfer. Dwi'm yn gwbod pam
fod 'na gymaint o stŵr. Pan ga' i dŷ mi fydd gin i
cleaner, rhywun i smwddio a chwcio imi a dyn handi
o gwmpas y lle. Fydd dim rhaid imi na Steve orfod
neud strocan – jyst mwynhau hefo'n gilydd a chael
llwyth o fabis.

DYDD MAWRTH (3:00 o'r gloch)

Diwrnod i ffwrdd imi, Dydd Gŵyl Dewi, dydi? Iawn imi gael siŵr Dduw. Dad ddim yn rhy hapus... a Mam, wel mae Mam yn ei chatalog eto. Dyna mae hi'n neud bob tro mae 'na gatalog yn dŵad; gwydraid o win, eistedd ar ei thin a chatalog. *CATALOGS! MAE FY MAM I'N LICIO DARLLEN CATALOGS!!*

Trist iawn. *Very sad* i ddeud y gwir yn blaen. Mae hi'n ddynas sy wedi cael addysg, fel mae hi'n ddeud o hyd ac o hyd. A be mae hi'n ei wneud hefo'i addysg? *Darllan catalogs*!

Dwi ddim yn dallt, a ddallta i fyth chwaith. Mae hi'n cael dau lasiad o *Jacob's Creek* tra mae hi'n darllan *Argos*!

Dwi byth 'di ffeindio be ydi ystyr *firkin*. Dwi'n anghofio gofyn i Mr Shakespeare bob tro rydan ni'n cael gwers Saesneg. Mae o mor cŵl, dwi'n treulio f'amsar i gyd jyst yn sbio ar ei lygaid lyfli o. Mae o'n debyg iawn i Leonardo di Caprio. Di-Cap ma'r genod wedi dechra ei alw fo, achos ma'n debyg ei fod o ond yn yfad coffi di-caff. Y????? 'Di hynna ddim yn gneud sens i fi.

DYDD MERCHER (4:00 o'r gloch y pnawn)

Newydd glywed heddiw yn rysgol fod Trendi
Wendy'n ffansïo Steve hefyd... hi a'i sodla. Fydd hi'n
methu cerddad pan fydd hi'n ddeugain. Fasa fo byth
yn ei ffansïo hi... mae hi mor goman... fasa fo ddim,
yn na fasa?

>Nodyn ar fy nesg pan ddois i'n ôl o'r dymp heno:
>*Ydi hi'n amser gwagio a chael gwared tybed?*
>*M.*
>Nac ydi ydi'r ateb Mam. Ocê?

DYDD SADWRN (1:30 o'r gloch y pnawn)

Newydd gael cinio, lobsgows eto, a dwi'n teimlo fel
chwydu. Dwi'n cael lobsgows bob amsar cinio dydd
Sadwrn ers pan o'n i ar *solids*, bwyd maethlon, da
yn ôl Mam. Hi sy'n rhy ddiog i gwcio rwbath iawn,
siŵr Dduw.

>Iesu dwi wedi 'laru eto. Arni hi yn fwy na neb.
>*Mam* – mae hi rêl poen. Mae'i bywyd hi'n cylchdroi
o gwmpas sêls *Next*. Mae hi'n prynu pob presant
posib am y flwyddyn i ddod yn sêls *Next*. Prynu
presanta Dolig yn sêls yr ha'... pathetic. Mae hi'n
falch ohoni hi ei hun pan mae hi wedi cael

bargeinion. Fod peth-a-peth wedi dod lawr o £100 i 50c. Be sy'n mynd dan fy nghroen i ydi ei bod hi'n bragio am y peth efo pawb. Codi cwilydd. Gwell fydda i mi heglu hi o'ma wir – cyn i mi ffraeo hefo hi eto.

PNAWN LLUN (4:00 o'r gloch)

Newydd ddod 'nôl o'r ysgol… *hot gossip*… Mae un o genod Blwyddyn 11 yn cael affêr ers tua 6 mis! Mae *pawb* yn gwbod, ond tydyn nhw – fo a hi – ddim yn meddwl fod neb arall wedi twigio. Mae'r holl beth mor amlwg.

Athro Biol ydi o, ac mae o'n hync reit debyg i Antonio Banderas – ond fod gynno fo wallt coch a'i fod o'n dŵad o Fethesda. Ma'i dad o'n cadw siop jips, ac mae 'na ogla chips arno fo drw'r amsar. Dwn i'm sut mae Siwan yn diodda'r ogla chips arno fo o hyd. Hogan tŷ capal ydi Siwan. Ei thad hi'n bregethwr yn dre; plant pregethwrs ydi'r gwaetha, medda Mam.

'Gormod o Dduw nid yw dda,' medda Hollalluog Dad.

Maen *nhw* o hyd yn deud rhyw betha fel'na,

fatha bod nhw'n gallach na phawb arall. Dwi wedi penderfynu eu bod *nhw'n snobs* a dwi ddim am dyfu i fyny i fod fel *nhw*.

DYDD IAU (10:00 o'r gloch y nos)

Oedd pawb yn siarad am Banderas a Siwan Tŷ Capal yn Youth Club heno. Mae Banderas wedi cael rhybudd... Gafodd o a Siw Duw eu dal yn snogio yn y twyni tywod wrth yr ysgol gin rhyw jogar. Ia, snogio mae pawb yn ei ddeud, ond dwi'n meddwl eu bod nhw *wrthi* fy hun. Eniwe, doedd yr un o'r ddau yn yr ysgol heddiw. Biti fod rheola stiwpid yn deud na chaiff plentyn sy yn yr ysgol gael perthynas hefo athro. Dwy ar hugain oed ydi Banderas a phymtheg ydi Siwan. Tasan nhw wedi cyfarfod yn y Chwdfa yn y dre ar nos Sadwrn, fysa pob peth yn ocê. Ond na – achos ei bod hi yn yr ysgol dydi hi ddim i fod i ffansïo rhywun sy'n athro arni. A dydi athrawon yn bendant ddim i fod i sbio ar genod del yn yr ysgol. Mae athrawon yn cael *urges* fatha pawb arall – 'ta ydyn nhw'n stopio meddwl am secs ar ôl cyrraedd dwy ar hugain oed? Dyna dwi'n feddwl beth bynnag. Doedd Kells ddim yn cytuno â'r peth o gwbwl. Dim syndod, a'i thad hi'n potsian hefo rhywun hanner ei oed o.

DYDD GWENER (amser te)

Pizza llysieuol a thaten drwy ei chroen.

Chwerthin yn afreolus o nerfus 'nath Mr Shakespeare, a chochi at fôn ei wallt, pan ofynnais iddo fo be oedd ystyr *firkin*. Wnaeth o ddim atab y cwestiwn, a dwi dal ddim yn gwbod be ydi ystyr y gair.

DYDD LLUN (3:45 o'r gloch)

Es i i'r ysgol heddiw hefo placard mawr yn deud: '*Dowch â Banderas 'nôl*' (doedd gin i ddim amsar i feddwl am rywbeth mwy gwreiddiol). Aeth o ddim i lawr yn dda. Oedd rhaid imi fynd o flaen yr Is ac egluro fy hun. Wnes i smonach o hynny a mymblo rhyw rwts fod cariad yn beth prin yn yr hen fyd 'ma, a 'nath hithau ryw *speech*, y dylwn i wbod yn well gan eu bod *nhw* yn dysgu yn yr ysgol, bla, bla, bla. Do'n i ddim gwaeth rîli a ges i golli maths, oedd yn grêt achos ar ôl y *speech* es i i gefn y gampfa am ffag hefo Kelly.

Er 'mod i wedi cael stŵr gan yr Is y bore 'ma, roedd gen i *fan club* erbyn pnawn. (Arwres myn diân i!) Pawb eisiau i Banderas a Siwan ddod 'nôl.

DYDD SADWRN (10:00 o'r gloch y bore)

Nodyn arall, ar y cwpwrdd dillad:
Be am dacluso hwn, gan ei fod yn chwydu ei berfedd?

Nodyn gan Nain y tro 'ma. Mae Nain yn aros hefo ni am chydig ddyddia. Mae Nain yn hoffi trefn. Pam na neith hi o, os ydi hi bron â thorri ei bol i'w weld o'n daclus?

Eniwe, mae hi'n rhy gynnar i dacluso, a dwi wedi blino.

Mae Nain yn meddwl ei bod hi'n iawn am bob peth dan haul. Tasach chi'n deud *ratatouille* wrthi fasa hi'n gwbod sut i'w wneud o, o basa. Mae hi'n meddwl fod pobol ifanc heddiw (sef fi) yn ofnadwy o ddigwilydd. Dwi'n meddwl fod pob hen genhedlaeth yn deud hynny am y genhedlaeth ifanc achos eu bod nhw'n eiddigeddus. Dydi hen bobol ddim yn leicio fod pobol ifanc yn gneud fel fynno nhw, heb falio dim am neb. Fel'na dyla hi fod eniwe. Cyn belled nad ydan ni'n cicio'r gath i farwolaeth neu roi'r tŷ ar dân.

Dydi hen bobol jyst ddim yn cofio bod yn ifanc. Dydi hen bobol ddim yn cofio dim byd ond yr amseroedd da. Mae hi yma ers neithiwr. Nain. Ac mae hi wedi mynd ar nyrfs pawb yn barod.

'Unig ydi'r graduras,' medda Mam.

'Mae gynno hi'r iâr,' medda finna.

'Ond fedar hi ddim siarad yn gall hefo iâr siŵr, Corin,' ges i.

'Wel gobeithio fyddwch chi yn siarad hefo ieir pan fyddwch chi'n 82, neu mi fyddwch chi wedi 'y ngyrru i'n dwlali,' medda fi wrthi.

'Creaduriaid peniog ydi ieir' oedd sylw – o mor werthfawr – Dad.

'*So blydi what!*' medda finna, ac i ffwr' â fi i ofyn i Nain os oedd hi'n gwbod be oedd ystyr *firkin*… gwyliwch y gofod hwn!

DYDD LLUN (4:15 o'r gloch y pnawn)

Wel, wel, mae Mark Davies blwyddyn ni wedi gollwng homar o glangar ar ei fam. Unig hogyn ydi o a'i dad wedi gadal pan oedd o'n saith oed.

Mae Mark wedi dŵad allan.

'Do siŵr, mae o allan bob nos Sad yn dre,' oedd sylw Marged-Ann. Dipyn ar ei hôl hi fydd Marged-Ann weithia.

'Ddim *allan* allan dwi'n feddwl,' ddywedais i. A 'hulpan' dan fy ngwynt.

'O, be 'ta?'

'Nefi wen, mae isho S-B-E-L-I-O-P-O-B-D-I-M -A-LL-A-N i hon,' feddylis i ar unwaith.

'Mae Mark yn hoyw, allan o'r *closet*, gê... iawn?' medda fi.

'O... olreit, dos i'm isho bod yn swta, Corin.'

Swta? Swta? Pa fath o air ydi swta? Jyst achos ei bod hi'n gneud Cymraeg hefo fi, dwi wedi landio yn ista wrth ei hymyl hi, 'ndo? Kelly ddim digon clyfar i neud Cymraeg iaith gynta. Hefo petha ail-iaith mae hi. Braf arni hi. Roedd hi, Marged-Ann, yn smalio ei bod yn gwbod yr holl amser wedyn.

'O! allan fel'na oddat ti'n feddwl... O! ia wel mae pawb yn gwbod fod Mark fel'na, tydi?'

Newid cyfeiriad fel diawl... ac ochenaid o anghrediniaeth gin i... Mi fasa Walis Welsh yn falch ohona i'n defnyddio gair Cymraeg mor hir, er dwn i'm cweit be mae o'n feddwl chwaith.

'Pam wyt ti wedi bod yn ei ffansïo fo ers tri mis ac yn despret i fynd allan hefo fo 'ta, Marged-Ann?'

Gaeodd hynny ei cheg hi'n glep. Aeth hi'n goch i gyd a mymblo rwbath am ryw Fark arall... *as if...* y gloman... dim ond Marged-Ann fasa'n medru ffansïo hogyn hoyw. Gin i biti drosto fo. Mae ei fam o wedi cael uffar o sioc ac mae o'n difaru ei fod o wedi deud wrthi rŵan. Tydi o ddim fel tasa fo'n edrach yn gê. Mae o'n edrach fel unrhyw un o'r hogia erill. Ac yn beth annw'l 'fyd.

'Ella dylswn i ddeud wrtho fo 'mod i'n gê hefyd, iddo fo gael teimlo'n well,' medda fi wrth Kelly amser cinio.

'Ti'n dwp 'ta be? oedd ateb Kelly.

'Be?' medda fi.

'Dwyt ti ddim yn gê, a fyddi di byth yn gê, y jolpan.' A wedyn dyma hi'n chwythu mwg i 'ngwynab i – fel'na. Hen hogan frwnt ei thafod ydi Kelly weithia... Anti Jini 'di cyrraedd ma'n rhaid.

Ges i gyfla yn y wers hanas i siarad hefo Mark. Doedd 'na neb yn ista wrth ei ymyl o... Edrychis i o gwmpas y dosbarth. Roedd pawb yn ei anwybyddu fo. Hy! Galw eu hunain yn ffrindia... mae isho blydi mynadd weithia, ac mi eisteddais i wrth ei ymyl o.

'Does dim raid iti, 'sti,' medda Mark.

'Na, dwi'n gwbod. Isho ista'n fa'ma dwi, ti ddim yn malio, nagwt?' medda finna.

'Na, gei di'n helpu i hefo'r prawf 'ma 'dan ni'n gael.'

'Prawf? O sh–'

O'n i wedi anghofio am y prawf. Clyfar.

Ac ar y gair hedfanodd Miss Preis Hanas i mewn i'r stafall, a gweiddi arnon ni i estyn ein llyfra ac o leia edrych fel tasan ni am weithio.

Pam fod rhaid i athrawon weiddi cymaint? A pham fod raid iddyn nhw fod mor flin?

Eniwe, nath Mark a fi helpu'n gilydd hefo'r prawf, oedd yn grêt, achos gawson ni farcia llawn.

Rydan ni'n fêts rŵan, Mark a fi. A dydi Marged-Ann ddim yn deall y peth o gwbwl.

NOS FAWRTH (7:00 o'r gloch)

Mae ffrind Mam yn *scream*... medda Mam. Mae hi newydd fod yn siarad hefo hi ar y ffôn am awr! A dwi'n cael stŵr am siarad ar y ffôn am bum munud! Pa fath o air ydi *scream*? Gair oedd Mam yn ei ddeud pan oedd hi'n bedair ar ddeg ac mae hi dal i'w ddeud o yn 36. Pam nad ydi hi'n dallt fod petha, dillad, geiria a phobol yn medru mynd yn hen-ffasiwn. Er enghraifft mae hi'n deud *out of date* am hen-ffasiwn, neu 'hen-ffash' sy'n waeth byth... ac mae hi'n gwisgo'r dillad ofnadwy 'ma. Dwi'n casáu gorfod cerddad wrth ei hymyl hi pan ydan ni'n mynd i'r dre. Dwi wedi deud wrthi am fynd â'i holl wardrob i Oxfam – dyna lle ddylsen nhw fod. Dydi hi ddim yn dallt pan dwi'n deud hynna, ac wedyn mi ddeudith wrtha i fedar hi ddim gwisgo dillad fel fy rhai i. Wel dwi ddim isho iddi hi wisgo *pedal-pushers* a *gipsy tops*. Mi fasa hi'n edrach yn hollol stiwpid. Be sy haru mamau? Rŵan, tasa hi fwy fel Medi ei ffrind hi, faswn i'n medru byw hefo hynny. Mae hi mor trendi a gwahanol. Mae hi'n byw yn Llundan hefo'i phartnar ac mae gynnon nhw *Harley Davidson* a *his and hers dalmations*. Maen nhw wastad yn mynd i lefydd egsotic fel Goa, neu'r Maldives neu'r Seychelles. Llefydd rydach chi'n darllen amdanyn nhw yn *Hello*. Llefydd mae pobol fel S-Club 7 a Madonna a Catherine Zeta Jones yn mynd. Mae Medi'n ffrindia hefo dau o'r teulu brenhinol achos fod Rory ei phartner hi'n beilot. Mae Medi'n cael bywyd ffantastig. Pam na fasa hi'n medru bod yn fam imi yn lle'r un *boring* sy gen i?

'Am na fedar Medi druan gael plant, Corin. 'Na

fi wedi ei ddeud o rŵan, a dyna ti'n gwbod', medda Mam.

Fatha ei bod hi'n deud rhyw gyfrinach enfawr dydi-neb-fod-i-wbod.

Fy ngweld i'n tyfu i fyny mae Mam i rannu cyfrinach fel'na, medda Kelly jyst rŵan ar y mobeil.

Ella fod Kells yn iawn.

DYDD IAU (4:30 o'r gloch y pnawn)

Mae Steve wedi cael car!!!! Ford Escort. Ocê, *D Reg* ydi o ond mae o'n mynd, ac yn mynd yn gyflym hefyd. Wrth gwrs mae pawb yn meddwl ei fod o'n ffantastig rŵan, ac mae pawb isho mynd allan hefo fo. Sy ddim mor ffantastig imi.

Dod o hyd i nodyn ar lawr:

Taclusa dy stafell rŵan cyn imi roi swadan iti!
M.

Dydi rhieni ddim i fod i gyffwrdd eu plant, heb sôn am roi swadan iddyn nhw.

DYDD GWENER (6:00 o'r gloch nos)

Ffŵl Ebrill oedd y blincin car. Mynd am *test drive* oedd o.

Llyncodd pawb honna, 'do? Yn cynnwys fi, jolpan...

DYDD SADWRN (11:00 o'r gloch y bore)

Mae Kelly'n rhacs.

Dwi erioed wedi ei gweld hi fel hyn o'r blaen. Dwi ddim cweit yn gwbod be i neud i helpu. Jyst gwrando arni yn mynd drwy ei phetha, dyna 'nes i neithiwr ar ôl iddi hi gyrraedd.

Mae hi'n aros hefo ni am chydig achos fod ei mam a'i thad newydd wahanu ers ddoe. Mae o wedi mynd i fyw hefo Cheryl, ei ysgrifenyddes, ifanc ddel, o. Mae o wedi gadael pawb. Sinach. Ac mae fy ffrind gora fi'n brifo, a dwi ddim yn gwbod sut i'w helpu hi.

Fedra i ddim dychmygu sut deimlad ydi o i gael eich teulu yn chwalu fel'na. Jyst achos fod ei thad hi'n ffansïo cael rhyw hefo'i ysgrifenyddes o. Achos dyna ydi o... rhyw.

Gin i biti dros Kells. Mi roedd hi'n crio yn ei gwely neithiwr. Mae pawb yn yr ysgol yn meddwl ei bod hi mor tyff. Rhoi'r argraff yna mae hi.

'Ti mor lwcus,' medda hi wrtha i neithiwr.

'Lwcus?' medda finna.

'Ia, gin ti rieni sy'n caru ei gilydd,' medda hi'n ddistaw.

Do'n i ddim wedi meddwl am fy rhieni fel'na o'r blaen. Ond mae'n siŵr fod Kells yn deud y gwir, maen nhw'n caru ei gilydd, maen nhw'n ffitio i'w gilydd fel hen slipars. Maen nhw'n ffraeo weithia, am betha fel bil letric, neu lle i fynd ar wylia, ond fasa nhw byth, byth yn mynd hefo pobol eraill. Fasa nhw ddim yn gwbod lle i ddechra...

'O'n i'n meddwl hynna am fy rhieni i hefyd,' medda Kells. 'Cyn hyn... ' a'i llais hi'n cracio.

Mi all ddigwydd i rywun, ond does 'na neb yn licio meddwl fod eu rhieni nhw yn gallu neud ffasiwn beth. Faswn i'n rhedag i ffwrdd tasa fo'n digwydd imi. Ac mewn ffordd dyna mae Kells wedi ei neud. Rhedag i ffwrdd. At ei ffrind gora... fi.

Ffŵl Ebrill ddoe, doedd? Bechod na fasa hyn yn dric Ffŵl Ebrill hefyd.

DYDD SUL (2:00 o'r gloch)

Fuo 'na ffrae yn ein tŷ ni bore 'ma. Wel, ffrae rhwng Mam a'r Dyn Drws Nesa.

Gan ei bod hi'n wanwyn, mi benderfynodd Mam fod isho twtio'r ardd. Dyma alw ar Gwilym yr hen foi sydd yn helpu bob yn hyn a hyn i docio'r *privet* sy rhwng tŷ ni a thŷ Dyn Drws Nesa. Mae Mam wedi hen roi'r gora i'w alw fo'n Mr Roberts gan fod petha heb fod yn rhy dda rhyngddyn nhw erstalwm.

'Sinach o ddyn ydi o' yn ôl Mam. 'Tydi o'n codi gwrychyn pawb o'i gwmpas o hyd ac o hyd.'

Wel Mam oedd wedi codi gwrychyn y tro 'ma... Yn llythrennol!

Mi dociodd Gwilym y *privet* i lawr i'w hesgyrn sychion nes ei bod yn un map o ganghennau gwynion sych a dim un ddeilan werdd ar ei chyfyl hi. Balch iawn o'i waith bora oedd o hefyd. Ond doedd y Dyn Drws Nesa ddim yn hapus o gwbwl.

Dyma fo draw, a'i bapurau yn ei law. Mi gychwynnodd ar ryw lith am 'ofyn caniatâd cyn torri' a bod 'cwilydd arnon ni' sbwylio ei olygfa o o'i ardd ac ati. Roedd o'n f'atgoffa i o geiliog ar ben ei doman yn cocadwdldŵio dros y lle. Chwara teg i Mam, mi eglurodd yn dawel ei bod heb feddwl gofyn caniatâd a'i bod yn ymddiheuro'n arw os oedd hi wedi gwneud rhywbeth o'i le.

Dyma fo'n dechra eto, nes yn y diwedd mi gollodd Mam ei limpyn, 'ndo? A deud wrtho fo i 'stwffio ei *Rules and Regulations'* a dyla fod yn ddiolchgar ein bod ni wedi twtio ei ochor o o'r ardd.

Mi aeth yntau'n *balistig* a bygwth yr heddlu arnon ni, ac mi ddechreuodd Mam grio wedyn yn y tŷ; roedd hi'n gweiddi ei bod hi isho byw mewn bwthyn bach ynghanol cae yn ddigon pell oddi wrth y *'cockroach'* o ddyn 'na sy gynnon ni'n byw drws nesa inni.

Mi driodd Dad ei chysuro hi gora medra fo ond doedd hi'n cymryd dim – gweiddi ar hwnnw wedyn a'i gyhuddo fo o fod yn linyn trôns o ddyn.

Mae Dad yn *sad* ond dydio ddim yn linyn trôns o ddyn.

'Nes i be o'n i'n feddwl oedd ora, taro jin a thonig go fawr o'i blaen hi a'i heglu hi am toilets pentra am smôc hefo Kelly, jyst i gael mynd allan o'r tŷ. O leia mi gododd wên ar wyneb Kells. Ac mae'n rhaid cyfadda imi gael gigyl fach am yr holl helynt.

DYDD LLUN (7:30 o'r gloch y bore)

Codi. Edrach yn y drych... Waaaaaa!!!
    Sbot!
    Ar fy nhrwyn...
    Reit ar ei flaen o.
    Be wna i?
    Ei wasgu.
    Crawn yn llifo'n felyn, yn wyrdd, yn hyll.
    Be wna i?
    Ei sychu.
    'Na fo.
    O na.
    Mae o'n gwaedu rŵan...
    Diwadd y byd.
    Gadal crachan. Hyll.
    Trwyn coch, wedi chwyddo.
    Goleudy ar flaen fy nhrwyn am byth.
    Dwi isho marw.

NOS LUN (5:15 o'r gloch)

Roedd gwers Gymraeg heddiw'n hollol ddiflas! Fel arfer.

Wedi cyrraedd 'S'. (Ers Blwyddyn 7 rydan ni wedi bod yn cael deg gair newydd i'w dysgu pob gwers .) Faswn i ddim yn meindio ond geiria diwerth hollol ydyn nhw. Dyma be gawson ni heddiw:

Sabl, *segfa* (*crush*), *sawdwrio* (*sodro*), *secwndid* (*safe conduct*), *selyngian* (*mumble*), *secru* (*to stuff*) a *senigl* (*broken*).

GWAITH CARTREF   MAI 6ED

GEIRIAU 'S'

Mae gennyf SEGFA ar Steve Brown Blwyddyn 10. Mi fyddai wedi ei SAWDWRIO i'r wal a'i swsio drosto cyn bo hir.

Beryg na fydd dim SECWNDID pan fydd Steve o gwmpas.

Bob tro fydd Mr Jones Maths (iym iym) yn gofyn cwestiwn imi, dwi'n SELYNGIAN rhywbeth dan fy ngwynt ac yn cochi at fy nghlustia.

Mae fy nghalon wedi SENIGL ers imi orffen hefo fy nghariad mis dwytha.

Dwi'n gorfod SECRU fy nheimladau am Steve i lawr fy siwmper rhag ofn imi neidio ar ben Steve a'i fyta fo.

Nid da lle gellir gwell... Disgwyl canlyniadau gwell yr wythnos nesaf.

O leia dwi'n trio, a beth bynnag dwi ddim yn debygol o ddefnyddio'r geiria gwirion 'na, na siarad fel'na, ydw i? Oni bai 'mod i'n Peredur Hedd Watcyn Bôr Edwards. I Rydygrawnt mae o am fynd ar ôl gadael ysgol medda fo, o hyd ac o hyd. Mae o'n meddwl ei fod o'n glyfar tu hwnt yn gwasgu Rhydychen a Chaergrawnt hefo'i gilydd i wneud un enw.

Wel, mae o'n glyfar ond yn dwp hefyd rywsut. A does 'na neb yn ei licio fo... neb... ac mae o'n drewi o hen chwys stêl. Rydan ni wedi trio deud wrtho fo yn glên ei fod o angen bath ond wneith o ddim gwrando. Petha fel glendid ddim yn bwysig i rywun mor glyfar. Rhy brysur yn darganfod rhyw fom atom newydd yn ei ben. Ddeudith o ryw 'jôc' pathetig weithia ar dop ei lais (sy'n dal heb dorri) ac mae pawb yn chwerthin am ei ben o a'i lais bach. Mae o'n meddwl ei fod o wedi cael gorchast yn deud jôc wych. Mae gin i chydig o biti drosto fo. Dydi o'n gneud dim drwg i neb... ond iddo fo'i hun ella.

Ella fydd o'n beth da iddo fo fynd i 'Rydygrawnt'

i gael bod ymysg pobol 'run fath â fo'i hun. O leia fydd pobol Rhydygrawnt yn dallt jôcs Peredur yn well na ni.

DYDD MAWRTH (1:05 o'r gloch. Amsar cinio)

Fedra i ddim coelio be sy newydd ddigwydd. Fedra i ddim. Dyna lle ro'n i a Kells, Shêcs a Poli yn ista ar ein wal ni yng nghae yr ysgol. Fan'na rydan ni'n ista pob brêc, pob dydd. Rydan ni'n gweld pawb sy'n dŵad i mewn a phawb sy'n mynd allan. Mae 'na goedan bob ochor sy'n grêt, a rydan ni ddigon pell oddi wrth stafall yr athrawon.

Dyna lle roeddan ni'n cnoi *chewing gum* blas *peanut butter* a rym (Shêcs oedd wedi'i brynu fo'n dre).

Shêcs yn dda fel'na, am drio petha newydd. Pan oeddan ni'n naw oed, fuon ni'n gwisgo'n sgidia o chwith am flwyddyn gyfan; wnaeth hyd yn oed ein rhieni ni ddim sylwi. Fuo 'na stinc pan gawson ni'n dal ond sticio hefo'n gilydd wnaethon ni.

Pan oeddan ni'n ddeg a hannar, gath Shêcs frenwêf. Oeddan ni isho edrach yn hŷn nag oeddan ni, oeddan ni isho bronna. Roedd pawb arall yn stwffio sana yn eu fests, ond nid Shêcs, o na. Gymrodd hi fenthyg 4 bra gin ei mam a'i chwiorydd a'u rhoi nhw inni. Wedyn brynon ni 8 satsuma (neu fala, dibynnu pa faint oeddan ni isho bod), a stwffio rheina i mewn i'r bra. Roeddan nhw'n reit gyffyrddus, am 'chydig. Wrth gwrs pan ddoth yr hogia i ddallt be oeddan ni'n ei wneud, eu hoff gêm nhw oedd rhedeg nerth eu traed tuag aton ni, hefo'u dwylo i fyny a gwasgu'r satsumas yn fflat. Dydi o ddim yn neis cael sudd satumas yn llifo lawr eich brest a hwnnw'n stici i gyd...

Eniwe, dyna lle roeddan ni'n cnoi ar ben y wal, neb yn deud dim. Ro'n ni'n methu penderfynu os o'n i'n licio blas y *chewing gum* a deud y gwir. Ond ro'n i'n fodlon rhoi cyfla iddo fo.

Wnes i ddim sylwi arno fo am hir. Y dyn. Ond wedyn roedd 'na rywbeth od amdano fo. Roedd o wedi gwisgo'n smart iawn, sgidia a dillad da, drud. Be dynnodd fy sylw i oedd ei wynab o. Roedd o'n wyn, ac yn dena, ac esgyrn ei wynab o'n amlwg. Roedd ei lygaid o'n bell ac wedi blino. Ei ddal o'n syllu arnon ni wnes i. Roedd o'n ista ar y wal gyferbyn â'r ysgol, jyst yn syllu. Syllu arnon ni. Doedd o ddim yn sbio ar neb arall. Ond ni.

Wnaethon ni ddim cymryd llawar o sylw ohono

fo. Ella na un o'r petha gwallgo 'na o'r Sbyty o'dd o. 'Dan ni'n gweld rheiny weithia. Peth nesa dyma fo draw aton ni. Ac ista ar ein wal ni! Does 'na neb yn meiddio ista ar ein wal ni. O'n i ar fin deud wrtho fo lle i fynd, pan afaelodd o yn fy llaw i, a rhoi rhywbeth ynddi hi.

Pan edrychais i i'w ll'gada fo, roedd 'na olwg despret ynddyn nhw. A'r peth nesa roedd o wedi mynd. Jyst fel'na.

Roedd y gens yn gweiddi a sgrechian isho gwbod be oedd o wedi ei roi yn fy llaw i. Pan agoris i'n llaw, be welis i oedd darn o bapur hefo rhif wedi ei sgriblo arno fo. Rhif ffôn. Wel roedd Shêcs wedi mopio, yn doedd.

'Mae rhaid iti ei ffonio fo heno, reit. Ti'n addo?'

Ond d'on i ddim yn siŵr. I be, 'dê?

Ac eto roedd 'na lais bach yn deud fod gen i ddim byd i'w golli.

'Ella fod o isho dêt,' oedd awgrym Poli.

'Wyt ti'n meddwl y baswn i'n ystyried mynd ar ddêt hefo… wel… gwallgofyn… Poli Parot?'

Caeodd hi ei cheg yn reit sydyn; mae hi'n casáu pobol yn ei galw hi'n Poli Parot.

'Na, isho rhwbath arall mae o, garantîd iti,' medda Shêcs.

'Ond be fasa fo isho gen i?'

Canodd y gloch p'nawn ond symudodd neb.

'Heddiw, nid fory, genod bach,' bloeddiodd llais Dad, o ffenast stafall y Staff, dros y cae i gyd.

O'r cwilydd...

Dwi'n sgwennu hwn yn frysiog yn y wers Biol. Ma' ganddon ni athrawes lanw ers i Banderas fynd, a dydi hi ddim yn gwbod be mae hi'n neud. Greaduras!

NOS FAWRTH (6:15 o'r gloch)

Dwi newydd roi'r ffôn i lawr; mi siaradis i hefo'r Dyn. Cwbwl ddeudodd o oedd ei fod o am ddod â rhwbath 'bach' yn bresant imi fory, os oedd hynny'n iawn. Fydd Shêcs yn gneud yn ei throwsus pan ddeuda i wrthi fory.

DYDD MERCHER (9:05 o'r gloch y bore)

Dwi newydd ddeud wrth Shêcs am yr alwad ffôn, ac mae hi'n rhuo chwerthin. Fedran ni ddim disgw'l tan amsar cinio.

NOS FERCHER (3:45 o'r gloch. Amser te)

Pan aethon ni allan am y wal amsar cinio, roedd
Y Dyn yn ein disgwl ni.

'Haia, *chicks*,' medda fo mewn llais chwareus.

'Haia,' medda Shêcs yn swil i gyd.

Roedd hi'n ffansïo hwn!!! Dyna'r ora eto...

Tynnodd baced o ffags allan o bocad ei gôt, a
chynnig un yr un inni. Kelly gymrodd gynta.

Roedd hi'n despret am un, heb gael ffag ers dau
ddiwrnod, medda hi wedyn. Ges i un hefyd, i gadw
cwmni i Kelly. Gwrthod wnaeth y ddwy arall – hen
betha gwael!

Fuon ni'n sgwrsio am dipyn. Jake ydi ei enw
fo, ac mae o'n fyfyriwr, yn astudio Mytholeg Groeg.
Erbyn hyn roedd Shêcs yn glafoerio, a doedd hi ddim
yn gallu tynnu ei ll'gada oddi arno fo. Roedd 'na
rwbath deniadol amdano fo, rhyw ddyfnder
meddylgar, aeddfed.

Eniwe, buan ddaeth hi'n amsar y gloch, a doedd
'run ohonan ni isho mynd. Rhyw droi yn ein hunfan,
a sbio ar ein traed ac ati.

'Wela i chi fory, *chicks*, ocê? 'medda Jake.

'Iawn,' medda'r bedair ohonan ni fel un côr.

Mi daflodd winc fach slei ata i. Mi roddodd fy

nghalon fach i naid. Ro'n i wedi 'machu.

Wrth gwrs roedd hi'n ffrae wedyn drwy'r p'nawn. Pob un ohonan ni'n meddwl mai hi oedd bia'r winc.

DYDD IAU (12:10 o'r gloch. Amsar cinio)

Ges i dair ffrae yn y wers Ffrangeg bora 'ma. A dydi hi ddim yn hawdd dallt be 'dach wedi ei neud o'i le, pan mae'r ffrae'n cael ei saethu atoch chi mewn iaith ddiarth. Siarad o'n i, mae'n siŵr.

Dwi'n gneud *detention* rŵan tydw? Tra mae'r genod yn cael ffag hefo Jake.

DYDD IAU (3:30 o'r gloch. Amsar bws)

Roedd o'n holi lot amdana i medda'r genod. *'Cute Corin'* mae o'n fy ngalw i. *'Shy Shêcs'* ydi Shêcs, *'Funny Valentine'* ydi Kells a *'Dolly Poli'* ydi Poli.

Wel, rydan ni i gyd wedi mopio ar y Dyn. Ein Dyn ni. Gawn ni siarad amdano fo eto yn Youth Club heno.

DYDD LLUN (4:15 o'r gloch)

Yn bersonol, ro'n i wedi gweld colli Jake dros y penwythnos. Methu canolbwyntio ar ddim byd ond fo. Ond p'nawn 'ma dyna lle roedd o'n ista ar ein wal ni eto. Oeddan ni'n cael laff. Roedd hi'n braf cael cwmni Dyn Aeddfed yn lle'r babis-mewn-clytia o hogia sy yn yr ysgol hefo ni.

Roedd pob dim yn grêt nes i Elin, swot Dosbarth 6, ddod aton ni a deud fod y Prifathro isho'n gweld ni. Roddodd o ryw *speech* hir, *boring* a hollol annealladwy inni ar ba mor beryg ydi Dynion.

'Dyn ydach chi, Syr,' spowtiodd Kells.

Wps!

Mae hi'n berffaith iawn, yn tydi siŵr Dduw. Dyn ydi'r Prifathro. Wel… rhyw fath o Ddyn, nid fy math i o ddyn o gwbwl, ond math o ddyn fuasech chi ddim isho ei weld peth cynta yn y bora er enghraifft, neu yn noeth. Na, yn bendant ddim yn noeth. Peth anghynnas iawn ydi hen ddyn hyll a noeth.

'Wel, Corin Jones?' gwichiodd yr hen ddyn hyll a noeth, achos erbyn hyn y cwbwl o'n i'n gallu ei weld oedd hen ddyn hyll, noeth, o'm blaen.

Es i'n goch, am fy mod i wedi meddwl ffasiwn beth.

'Ym... Be, Syr?' meddwn i'n gloff ac yn goch.

'Eich "ffrind" chi ydi'r hmmm... dyn 'ma, medda fo. Be sgynnoch chi i'w ddeud? Hmmm?'

Edrychis i ar Kelly, a syrthiodd fy ngheg at fy nhraed. Do'n i'm yn coelio bod fy ffrind penna wedi deud hynna wrth y Prifathro.

'Wel?' medda fo eto.

'Wel... ydi... ydi mae o'n ffrind i'r teulu... Syr.' C'lwydda noeth.

Glywis i ddim byd wedyn, dim ond sŵn tebyg iawn i lew yn rhuo rwbath am ddynion amheus yn trio gwerthu cyffuriau i genod ifanc swil ac anaeddfed, ac y dylwn i, Corin Jones, o bawb fod â chwilydd... a bla... bla... bla... O ia... Pam fi? Y? Fi sy'n ei chael hi bob tro, jyst achos fod Mam a Dad yn athrawon yn y dymp lle 'ma.

Yn ara deg bach, mi lyncais y bybyl gym ro'n i'n ei gnoi'n ffyrnig, a llyncu'r gair 'na hefyd... cyffuriau.

Ia, dyna ddeudodd y llew. Cyffuriau. Dwi dal methu credu'r peth rŵan.

Erbyn hynny roedd y bedair ohonan ni a'n cega ni fel tylla i beli golff... yn un rhes... a geiriau'r llew yn saethu i'r tylla, fel bwledi.

Dwi'm yn cofio be ddeudodd o i gyd erbyn rŵan,

ond dwi jyst yn cofio teimlo'n sâl a jyst methu deall fod ein Dyn bach neis ni yn *dealer*. Nath Poli lewygu hefo'r sioc, a gath hi fynd i'r *sick bay*; a deud y gwir, naethon ni i gyd landio yn *y sick bay*. Dwn i'm be na sut na phryd na pham ond mi landion ni yn *y sick bay* oherwydd ffeit. Ia, ffeit. Rhwng Kelly fy ffrind gora a fi...

Ar ôl i'r Prifathro ddeud ein bod ni'n genod lwcus iawn, iawn, yn y diwedd mi adawodd y llew ni allan o'i gaets. O'n i'n teimlo fatha tasa fo wedi fy myta i'n fyw, a phoeri'r esgyrn allan wedyn.

'Naeth o ddim llyncu dy eglurhad gwirion di'n handi, naddo Corin?' sbowtiodd Kelly ar y ffordd i'r *sick bay*.

'Hy! Dim diolch i ti, y jadan. I be oeddat ti isho deud mai fy ffrind i oedd Jake? Y?' brathais yn ôl, a rhoi swadan iddi. Jyst fel'na.

Dwi erioed wedi gneud hynna o'r blaen a gobeithio neno'r Tad na wna i fyth eto. Roedd fy ffrind gora yn fflat ar y llawr... a... gwaed yn llifo o'i cheg hi. Gwaed!... a fi 'nath... O *God*! O Dduw!

Roedd 'na growd bach yn dechra casglu o'n cwmpas ni, a finna wedi rhewi, jyst yn syllu'n geg agored ar Kells ar lawr yn gruddfan. Mi ddychrynais i cymaint, ron i'n dal fy ngwynt ac yn gweddïo ei bod hi dal yn fyw. Ond, diolch byth mi roedd hi! Ro'n i wir yn meddwl am funud 'mod i wedi ei lladd hi.

'Wt ti'n iawn, Kells?' sibrydais, a phlygu lawr i'w helpu.

Gorchymyn i beidio â chyffwrdd ynddi hi eto, gefais i gan Kelly.

Ac ar hynny daeth 'na sŵn tebyg i draed athro i'n cyfeiriad ni, felly naethon ni ei heglu hi gan lusgo Kelly o'na'n dal i weld sêr, yn syth i'r *sick bay*. Erbyn inni gyrraedd roedd Shêcs wedi cael y shêcs a cael a chael oedd iddi gyrraedd y toilet, lle chwdodd hi ei gyts allan. Pys slwdj amsar cinio yn anghytuno hefo hi, medda hi... *As if*!

Roeddan ni'n edrach yn glên y bedair ohonan ni, un yn wyn, y llall yn wyrdd, Kells yn waed a llygad ddu, a finna...wel... 'y malchder i oedd wedi cael cnoc beryg. Ro'n i'n flin ac yn drist 'run pryd 'mod i wedi trystio'r Dyn o gwbwl. A be oedd yn waeth oedd fod o wedi 'nhwyllo i. Dwi'n dal methu dod dros y sioc ei fod o wedi rhaffu celwyddau fel'na wrthon ni. Mi dorrodd fy nghalon i fymryn y pnawn 'ma. Sut oeddan ni fod i wybod fod y Dyn yn *dealer*? Doedd gynno fo ddim *Heroin Addict* wedi sgwennu mewn ffelt tip du ar ei dalcen, nag oedd?

DYDD MAWRTH (12:10 o'r gloch)

Gafodd ein Dyn ni ei ddal yn trio gwerthu cyffuriau i
ryw hogia yn y toilets yn dre nos Sadwrn. Kelly
ddeudodd wrtha i. A'r ddwy ohonon ni wedi trafod
am oriau pa mor lwcus oeddan ni. *Lucky escape* 'ta
be? Medwyn Parry yn deud fod ei dad o (sy'n
blismon) yn deud fod y Dyn yn siŵr o fynd i jêl, ond
ddim am hir, chydig fisoedd maen nhw'n gael fel
arfer. Cywilydd. Fasa'r diawl wedi medru difetha
bywyda pedair o genod diniwad, mewn un wythnos.
Roedd Mam a Dad yn gandryll... hefo fo. Roeddan
nhw'n grêt hefo fi. Siarad yn glên hefo fi. Balch
oeddan nhw 'mod i wedi bod mor gall. Dwi jyst yn
falch 'nath o'm cynnig dim byd imi.

Mae Medwyn Parry wedi bod yn grêt drwy'r
helynt yma i gyd. Dwi'n gwbod ei fod o'n fy ffansïo fi
a bob dim ond mae o wedi bod yn ffeind ac yn fêt.
Chwarae teg iddo fo.

DYDD SADWRN (7:30 o'r gloch)

Roedden ni'n cystadlu ar y grŵp llefaru yn
Eisteddfod yr Urdd y bore 'ma.

Roeddan ni'n dda i ddim. 'Nes i ddechra giglio yn y canol. A wedyn dechreuodd Shêcs giglio, wrth f'ymyl i. Yn diwadd roedd pawb ond Marged-Ann yn giglio. Sbio'n hyll oedd honno ar y gweddill ohonan ni. Fel tasa ni wedi dangos ein tina i'r beirniad. Ac roedd honno'n sbio dagyrs arnon ni hefyd. Ac yn sgwennu ffwl-spîd, rhyw lith am ddiffyg parch mae'n siŵr. Y mawrion yn licio deud fod rhai llai na nhw â diffyg parch at bob dim, dwi wedi sylwi. A dwi'n siŵr imi weld mwg yn dŵad allan o'i ffroenau hi. Y ddraig iddi.

Ddaeth petha'n well, wedi inni sobri dipyn a chael dechra eto gan y Ddraig. Ond wedyn dyma Shirley'n dechra reigia… yn uchel. Pob tro roedd 'na saib hir a thawel, ac roedd 'na lwyth o rheiny, oedd Shirley'n reigia.

Aeth petha o ddrwg i waeth. 'Nes i drio ei hanwybyddu hi ond methu'n diwedd, a daeth y gigyls eto yn un strimyn hir afreolus. Wel, roedd 'na dân yn dŵad allan o'r ffroena rŵan. Ac mi chwifiodd ni allan, a ninna'n chwerthin yn braf erbyn hynny.

Roedd Marged-Ann yn goch drosti ac yn flin fel tincar hefo ni. Wnaeth hi'm siarad hefo ni drwy'r pnawn.

Yn y diwadd brynon ni grys-T fel cyfamod

iddi hi, a sgwennu mewn ffelt tip du:

'DEWCH I STEDDFOD YR URDD I GAEL HWYL!'

Wel mi gafon NI hwyl, dwn i'm am Marged-Ann.

DYDD LLUN (7:00 o'r gloch)

Wel, mi aeth diwrnod cynta'r arholiada. Doedd 'na neb yn gwbod eu gwaith, wel, dyna oedden nhw'n ddeud. Ar wahân i Peredur Bôr . Roedd o'n parêdio o gwmpas y Dymp yn dyfynnu 'Y Llwynog' gan rywun, a rhyw theorïau cymhleth, ffisegol. Dangos ei hun oedd o fel arfer.

Mi eisteddais i drwy'r arholiad Ffrangeg yn breuddwydio am Steve. Fedra i ddeud *Je t'aime*, felly rois i hynny i lawr yn ateb i: '*Decrivez vos vacances*'. Dwi'n gwbod 'mod i wedi gneud potsh o honna. Ond wedyn 'nes i rioed licio Ffrangeg. Eniwe, 'di Ffrangeg yn dda i ddim byd i fynd yn astronot. Mi fydd yn rhaid imi ddysgu Rwseg os ydw i am fod yn astronot. Neu fynd yn *air hostess*. Ia, dyna wna i, mynd yn *air hostess*. Dam, mi fydd yn rhaid imi ddysgu Ffrangeg felly.

O Dduw, pam na fedra i fod fel Kelly, mae hi'n gwbod mai trin gwallt mae hi isho ei neud ers pan mae hi'n yr ysgol feithrin. Ac mae Shêcs wedi penderfynu mai i'r armi mae hi am fynd. Fydd hi'n dda, ddim ofn mentro, ddim ofn dim byd. Athrawes plant bach fydd Poli garantîd. Mae gynno hi ddosbarth bach yn yr Ysgol Sul, ac mae hi wrth ei bodd hefo nhw. Tybad be fydd ein dyfodol ni, a tybad os fyddwn ni'n dal i fod yn fêts pan fyddwn ni'n bump ar hugain?

Rhyw betha fel'na oedd yn mynd drwy'n meddwl i yn ystod yr arholiad Ffrangeg... a mi basiodd dwy awr yn handi iawn. Mae hi'n hawdd lladd amser, fath â rŵan, pan dwi i fod yn adolygu at Hanes fory. Sut fydda i'n egluro fy marcia gwael i Mam a Dad dwn i'm.

DYDD GWENER (5:30 o'r gloch)

Dwi heb gael cyfle i sgwennu ers talwm, jyst adolygu rownd y rîl. Ond heno ma hi'n nos Wener a'r arholiadau drosodd o'r diwedd. Hwrê! Bore 'ma glywon ni Newyddion y Flwyddyn, ac mi fydd yn y papur lleol hefyd. Mi ddoth Marged-Ann i'r ysgol yn crynu i gyd. Roedd hi wedi cynhyrfu cymaint ddaeth y geiriau allan o'i cheg yn un cabôl, annealladwy. Mi orffennodd ei stori hefo:

"... ac mae gan y babi wallt coch, ac mi rydan ni i gyd yn gwbod fod gan Banderas wallt coch yntydan? Winc,winc!"

Ar ôl gofyn iddi hi arafu, anadlu a phoeri'r bybyl gym o'i cheg hi mi gawsom ni'r stori ganddi. Mae'n debyg fod Siwan Tŷ Capal, sydd heb fod yn yr ysgol ers wythnosau, wedi cael babi, hogyn bach, am ddeg o'r gloch neithiwr. Mae mam Marged-Ann yn fydwraig yn yr Ysbyty, ac mi roedd hi'n gweithio neithiwr. Dyna sut oedd hi, Madam, yn gwybod ffashwn beth. Nid y frech ieir oedd arni felly. Mae gin i biti dros Siwan Tŷ Capal rŵan. Un ar bymtheg oed ydi hi, mae hi'n rhy ifanc i fod yn fam. Go brin fydd Banderas isho aros hefo hi rŵan, ynde? Bechod.

NOS WENER (7:30 o'r gloch)

Rydan ni newydd gael swpar, (tatws drwy eu crwyn hefo bîns a chaws bwthyn) ac wrth gwrs mi ddeudis i Newyddion y Flwyddyn wrthyn *nhw*. Roedd Dad wedi ama, medda fo. Dwi'm yn siŵr am hynny. Dydi dynion *sad* fel Dad ddim yn deall petha merched. Roedd 'na olwg drist yn llygaid Mam. Gweld Siwan yn ifanc oedd hi.

Mae Banderas allan ar ei din, yn *cert* rŵan. Dyna oedd barn Dad. Taran Gwyron ydi enw'r babi. Enw blydi gwirion i fabi...

"Mae'n siŵr fod y Parchedig Thomas yn rhacs," medda Dad wrth y bwrdd bwyd gynna. "Mae'n siŵr fydd o'n fflipio ar gownt yr holl beth. C'radur bach, a fynta wedi rhoi ei fywyd i'r Gair Da a'i unig ferch o'n dwyn gwarth ar y teulu."

A dyma fi'n fflipio go iawn.

"Dwyn gwarth?? Be 'dach chi'n feddwl dwyn gwarth'? 'Di cael babi mae Siwan, Dad. Babi hefo gwallt coch sy'n ddigon o ryfeddod a sy 'di gneud dim i neb, heb sôn am ei daid... a pheth arall, be sy gan y ffaith ei fod o wedi dewis bod yn weinidog i neud hefo Siwan yn cael babi?"

Roedd Dad yn *gobsmacked*, does 'na ddim gair arall addas, ac mi lyncodd ei gegiad mor sydyn, mi dagodd arno fo. Mi darodd Mam ei gefn o mor hegar mi saethodd y tatws allan o'i geg yn un stwnsh dros y bwrdd swpar. Tri munud o ddistawrwydd, ar wahân i sŵn cnoi a llyncu bob yn ail, ac o'n i mor flin hefo fo. O'r diwadd dyma Dad yn deud:

"Yli ti'n iawn, Corin, ac mae'n ddrwg gin i am ddeud peth mor wirion."

Fi sy'n *gobsmacked* rŵan.

Roedd o'n ddigon o sioc fod Dad yn ymddiheuro imi heb sôn am ddeud 'mod i'n iawn hefyd. Dwi'n teimlo'n well ar ôl gosod yr holl beth lawr ar bapur. Dwi'n cael tri *Twix* i ddathlu.

DYDD GWENER (3:30 o'r gloch)

Mae'r gwylia ha' yn dechra rŵan! Hwrê!!! Chwe wythnos o ryddid, cysgu a cherddad rownd pentra. Bril!

DYDD SADWRN (10:00 o'r gloch)

Lle aeth y rhyddid? Nodyn ar ben y lwmpyn o ddillad budur yng nghanol fy stafall wely:

Nicars budur i'r peiriant golchi plîs, neu mi fyddan wedi cerdded o'ma i chwilio am launderette.

M.

Ha ha – doniol iawn ydi Mam; ac mae hi'n *pre-menstrual*, dyna be mae hi'n ei alw fo. Pigog dwi'n ei alw fo. Mae hi wedi cyrraedd y stêj malu llestri erbyn bora 'ma. Neithiwr roedd hi yn ei mŵd 'isho-bod-ar-fy-mhen-fy-hun' ac 'ewch-o-'ngolwg-i'. Ella mai'r ffaith fod y gwylia wedi dechra ydi'r bai. Anodd ydi ffeindio lle i ddianc mewn byngalo bychan, ond sgrialu sydd raid pan mae hi'n dechra. Dwi'n mawr obeithio na fydda i'n tyfu i fod fel hi, wir. Wrth gwrs, tydyn nhw ddim yn cael secs pan mae hi'n *pre-menstrual*. Fydd Dad yn trio ei chysuro a'i molicodlio hi hefo jî a tîs gyda'r nos a siocled poeth yn y dydd. Mae siocled yn help medda hi. A wedyn mae hi'n cwyno ei bod hi'n mynd yn dew! *Sad*!

Mis yma, mae hi'n sôn am fynd i Tseina i fyw ar *house-boat*, byta reis a llysia a byw'n syml. Trio rhesymu hefo hi mae Dad, ac egluro ei fod o'n dallt yn iawn a'i fod o'n syniad da. Mae hi'n teimlo'n well pan mae o'n gefnogol fel'na; ac ar ôl bod yn y Llyfrgell yn edrych ar 'chydig o lunia o'r *Great Wall of China* ac ati mae hi wedi ei gael o allan o'i system. Tybad lle fydd hi mis nesa? Dau fis 'nôl roedd hi'n gweld ni yn byw bywydau *boring*, diflas a byth yn gneud dim. Isho ni fynd i fyw mewn iglŵ yn yr Antartic fel yr Esgimos oedd hi bryd hynny. Byta pysgod ffres i frecwast, cinio, te a swpar... Fiw imi ddeud dim... Byddai'r oerni yn gneud daioni inni medda hi. Doedd

COLEG LLANDRILLO COLLEGE
LIBRARY RESOURCE CENTRE
CANOLFAN ADNODDAU LLYFRGELL

065 336

Dad ddim mor gefnogol â'r arfer. Pythefnos yn
Llydaw yn y garafán ar ôl Steddfod fydd hi dwi'n
gwbod, a gobeithio fydd hi ddim yn cael *P.M.T.* yn
fan'no.

DYDD GWENER (12:00 o'r gloch)

Dwi wedi cael fy ffordd fy hun. Ers mis Ionawr dwi
wedi bod yn eu plagio *nhw* i adal imi fynd i'r
Steddfod mewn pabell hefo Kelly, Shêcs a Poli.

Diwrnod i fynd, ac maen *nhw*, o'r diwadd, wedi
cytuno i adal imi fynd. Dwn i'm ar wynab y ddaear
pam ei bod hi wedi cymryd chwe mis iddyn nhw
benderfynu ar beth mor fychan. Dwi'n dallt rŵan
pam gymrodd hi naw mlynadd iddyn nhw briodi!

Mae gen i ddiwrnod i gael pob dim yn barod.
Er, mae Shêcs a Poli hefo pob dim wedi ei drefnu
droson ni, wedi cael pabell inni a'r holl gêr coginio.
Mae gen i gelc o bres. Peth cynta dwi isho neud ydi
mynd i brynu bicini neis a shorts.

Y nodyn am yr wythnos hon:

*Mae'r cymdogion yn bygwth symud i fyw, mae
'na ffashiwn ogla yn dod o dy stafall wely di.*

M.

Sori, dwi ar fy ffordd i'r Steddfod, ond siopa gynta. Love Corin. (xx)

DYDD SADWRN (7:00 o'r gloch)

Wele wawrio fore gwlyb iawn... mae hi'n piso bwrw... tresio, a thydi hi ddim ffit i fynd i stryffaglio pwnio pegia pabell i fwd, achos garantîd mwd fydd ar faes pebyll y Steddfod yn ôl fy nhad i. Ond chwarae teg, mi gynigiodd ein helpu ni i osod y babell a rhoi pas inni yno. Roedden ni fel ieir ar y ffordd i'r Steddfod – wedi cynhyrfu cymaint. Pan gyrhaeddon ni, doedd 'na neb yno. Ddim un babell arall ar gyfyl y lle. Grêt, gawson ni ddewis lle roeddan ni'n meddwl oedd yn lle da.

Llwyddwyd i osod y babell yn ei lle ac mi wlychodd Dad at ei groen, ac oedd, mi roedd o'n flin. Yn tydi o drwy'r amsar? Dwn i'm pam gafodd o blant, wir. Mi roddodd ddeg punt ar hugain a'r mobeil imi cyn iddo fo fynd.

'Paid â ffonio os ti isho pres,' medda fo.

Dyma danio ffag y munud aeth o rownd y gornel. A da oedd hi hefyd. Ffag a chan o *Heineken*. Mynd i weld be oedd be wedyn, lle oedd y pyb agosa a chael peint yn fanno. Cyfarfod â giang o hogia o Flaena Ffestiniog yn y bar. Cael gêm o pŵl hefo nhw ac mi brynon nhw ddrinc inni. Erbyn mynd 'nôl i'r maes pebyll roedd 'na fwy wedi cyrraedd a rhyw fan yn gwerthu *hot dogs* reit drws nesa i'r toiledau.

'Mae petha'n gwella,' medda Kelly, gan wasgu llwyth o sôs coch a mwstard ar hyd ei chi poeth anferthol hi. Bol bwyd.

DYDD SUL

Dwi wedi codi ers chwarter i chwech bora 'ma. Glywish i ryw sŵn lorïau ac injan rwbath. Nes i bipian drwy fflap y babell hefo un llygad a gweld homar o beth yn sbio'n syth arna i. Roedd o'n flewog, yn dew, a strimyn o boer yn glafoerio lawr ochr ei geg a hwnnw'n felyn-frown o dybaco'r *roll-your-own* oedd yn hongian o ochr arall i'w wefus. Afiach. Mi daflis i fyny i'r bowlan golchi llestri a jyst methu ei benglinia fo. Pan godis i 'mhen eto, roedd o'n dal yno yn sbio arna i. Dyna pryd sylwis i ar ei datŵ fo. '*Good time guy*' mewn inc glas, tu fewn i lun calon a rhosyn coch o'i chwmpas hi.

'*Shift it,*' medda fo mewn llais tebycach i Flymo

wedi torri.

'Sori?' medda finna'n stryglio i gadw 'mhen i fyny.

'You better move your tent if you don't want to get rammed.'

Doedd dim rhaid iddo fo ymhelaethu – reit tu ôl iddo fo, roedd y tryc 'ma'n rowlio tuag aton ni'n cario homar o adeilad mawr a llun dyn a dynas bob yn ail ar y drysa.

'Cachu hwch a iâr,' medda finna a dowcio 'nôl i'r babell i weiddi ar y genod i godi reit sydyn.

Roedden ni allan o'r babell mewn chwinciad chwannen. Mi daflon ni bopeth i'r sach gysgu agosa a sgrialu o 'na reit sydyn. Ddoth 'na amball ben allan o'u pebyll i weld be oedd yr holl ffwdan a syllu arnon ni'n wirion. Mi wnaeth rhyw genod o Fethesda banad inni chwarae teg iddyn nhw. Wedyn dyma 'na hogia lysh o Lanelli yn cynnig ein helpu ni i osod y babell 'nôl i fyny. Hogia lysh iawn. A deud y gwir rydan ni wedi bod hefo'n gilydd drwy'r dydd – yn un giang hapus. Tomi, Darren, Dafs a Celt. Dwi'n ffansïo Celt. Fydda i methu cysgu heno yn gwbod fod o ond un metr oddi wrtha i yn ei babell o. Mae gena i deimlad ei fod o yn fy ffansïo i hefyd.

DYDD LLUN

Mae Poli'n hiraethu bore 'ma.

'Wel dos adra, 'ta,' oedd cyngor Kelly. A dyna nath hi hefyd. Dal bws hannar awr wedi deg bora 'ma. Jolpan. Mi olchodd y llestri cyn mynd; doedd dim raid iddi. Domestig ydi ei henw canol hi. Mi wnaiff wraig dda i ryw greadur rhyw ddiwrnod. Aethon ni o gwmpas y maes hefo Celt (iymi), Dafs, Darren a Tomi a chael hwyl yn tynnu ar ein gilydd drwy'r dydd. Dwi'n meddwl fod Kells yn ffansïo Darren, ac mae Shêcs yn *cert* hefo Dafs. Eniwe, mae Gig y Gogs heno ac mi rydan ni i gyd yn mynd – well imi fynd i dolio'n hun.

Celt a Corin xxx.

NOS LUN

Dwi'n sgwennu hwn am hannar nos, ar ôl Gig y Gogs. Oedd y Gogs yn ffantastig – hogia lysh Llanelli yn siomedig iawn. Cael eu denu gan ryw genod coman o Bala. Gwynt teg ar d'ôl di 'ta, Celt, dyna ddeuda i. Mae hynny'n anodd hefyd a finna'n gwybod ei fod o'n cysgu reit drws nesa imi. Mae bywyd mor annheg weithia. O leia ga i freuddwydio amdano fo. Nos dawch.

DYDD MAWRTH (Amser te)

Dod wynab yn wynab â Peredur Bôr ar y Maes heddiw. Cystadlu oedd o medda fo, ar yr Unawd Gwerin. Croeso imi ddod draw i gefn y llwyfan am ginio medda fo. Ydi hwn yn 'ddêt'? ofynnis imi fy hun, wrth imi dynnu gwair o 'ngwallt, o'dd heb weld crib ers neithiwr. Ddudis i ddim byd wrth y genod, jyst mwmial rhwbath am gyfarfod Mam wrth Babell Merched y Wawr i gael nicyrs glân. Wel, doedd Bôr ddim yn yr un cae â Celt, nagoedd? Ac i ffwrdd â fi.

Landis i yng ngefn y llwyfan yng nghanol yr Orsedd, do? Roedd 'na gymaint o gynfasau gwynion, gwyrddion a gleision, yn chwyrlïo o gwmpas. A lleisiau yn dod ohonyn nhw, yn gweiddi petha fel:

'Dwi wedi anghofio fy welingtons ac mae hi'n blydi bwrw.'

Feddylis i 'rioed o'r blaen fod beirdd, cantorion a llenorion o fri yn rhegi.

'Lle ma'r blwmin cleddyf 'dwch?' bloeddiodd cynfas arall.

Gafon nhw hyd iddo fo o'r diwedd o dan ben ôl cynfas wen yn rhochian cysgu wrth y piano. Ges i laff. Nes i Bôr landio.

'Corin cariad,' gwaeddodd dros y lle.

Cariad? Do'n i'm yn licio sŵn hynna. Doedd o ddim fel fo'i hun o gwbwl, wel, ddim fel mae o yn yr ysgol beth bynnag. Yn toedd o yn ei elfen ynghanol y sioe? Ac roedd o'n edrach fel... wel... sut ddeuda i? Rhwbath allan o un o ddramâu Shakespeare, wel, fel Shakespeare ei hun a deud y gwir.

Yn ffrils gwyn a throwsus melfed glas tywyll. Hmm...

Ges i'n sgubo wedyn i ryw le bwyta go grand, tusw o falŵns yn addurno'r byrdda, bloda ymhobman, a'r lle yn llawn o Bobl Bwysig Iawn. Roedd Peredur yn gwbod pwy oeddan nhw i gyd. Wnaeth o eu henwi nhw imi wrth inni fyta clamp o ginio-dydd-Sul anfarwol, a *hot chocolate fudge cake* hefo hufen i ddilyn. Do'n i'm yn gwbod pwy oedd eu hannar nhw, ond roedd Peredur wrth ei fodd yn ffitio'r wyneba i'r enwa. O'n i wedi diflasu'n gwrando arno fo.

Ar ôl inni orffen byta o'n i methu gwrthod stwffio fy fforc i fewn i'r balŵns a'i heglu hi o'na.

Gafodd Peredur y wobr gynta... wrth gwrs. Snyb ges i gynno fo wrth inni heglu hi o'r maes amser te.

Ges i hwyl yn deud yr hanas wrth y genod yn y babell wedyn. Methu deall pam 'mod i wedi mynd hefo Bôr i ddechra oedd Shêcs. 'Ti'n ddwl 'ta be? medda fi wrthi.' 'Ges i glamp o ginio ffantastig am ddim a pwdin, 'do?'

Welodd neb hogia Llanelli drwy'r dydd, ond oedd Kells wedi syrthio mewn cariad hefo rhyw foi Cymdeithas yr Iaith oedd yn protestio ar y maes. Roedd hi cymaint mewn cariad hefo Wyn, roedd hi wedi ymaelodi â'r Gymdeithas yn y fan a'r lle. Wedyn aeth hi a Shêcs o gwmpas y maes yn gweiddi ac yn canu rhyw hen gân 'I'r Gad' hefo gweddill y criw. Maen nhw'n mynd i gig Cymdeithas yr Iaith heno yn y dre, a dwi am fynd hefo nhw. Fydd o'n hwyl.

NOS FAWRTH (Hwyr iawn)

Newydd ddod 'nôl o Gig y Gymdeithas. Roedd hi'n ffantastig yno. Llwyth o bobl wedi gwasgu i'r neuadd enfawr 'ma. Lot fawr o stiwdants yno o Aber. Ges i snog hefo Pedr o Machynlleth... wel, ddim yn syth.

'Nes i ofyn iddo fo be oedd ei enw fo gynta. A dyma fo'n deud ei fod o wedi cael ei eni ar Ddydd Gŵyl Dewi a bod ei rieni fo wedi ei alw'n Pedr ar ôl y blodyn. Roedd Kells wedi cael gafael ar Wyn, ond doedd o ddim isho snogio, medda hi gynna. 'Pam?' medda fi. Roedd o'n mynnu egluro sefyllfa ddyrys yr iaith iddi o hyd. Bob tro roedd hi'n mynd yn nes at ei geg o am snog – oedd o'n ei agor hi a dechrau sbowtian am garchardai'r wlad, a pha mor afiach oedd Cymry di-asgwrn-cefn, ac ati, ac ati. Gafodd Kelly y myll yn y diwadd, yndo, a deud wrtho fo am stwffio ei Gymdeithas yr Iaith a cherddded o'na. Mi ddois i o hyd i baced o *Rolos* yn fy mag. Nes i rannu nhw hefo fy mêts a chadw'r ola imi fy hun. Nos dawch.

DYDD MERCHER (11:00 o'r gloch y bore)

Codi'n hwyr bore 'ma. Dwi newydd weld Celt yn ei focsars; roedd o'n edrach yn ffantastig, ac mae o wedi gofyn os oes 'na jans am banad. Panad? Gaiff o faint fynnith o baneidia, 'ngwas i. Ella fydda fo'n licio rhannu *Twix* i frecwast...

PNAWN MERCHER (4:00 o'r gloch)

Pnawn chwilboeth, ac mi rydan ni i gyd yn un rhes coch a gwyn yn torheulo. Celt a fi, Kells a Darren a Shêcs a Dafs. Mae'n grêt, fel tasa amsar wedi stopio. Dydan ni ddim yn edrych ymlaen at fynd adra fory, a gadael yr hogia lysh 'ma. Ond mae 'na oria tan hynny, ac mae Celt isho fy sylw i rŵan.

DYDD IAU (9:00 o'r gloch)

Newydd godi, yn chwys doman. Mae 'nghroen i ar dân a dwi'n siŵr 'mod i wedi chwyddo hefyd. Mi gawson ni amser ffab neithiwr; doedd ganddon ni ddim pres felly arhoson ni yma hefo'r hogia. Roedd hi fel ffair yma. Gawson ni barti hefo *hot dogs* a *chips* ac mi ddoth genod Bethesda, hogia Botwnnog, genod Wyddgrug, hogia Llangrannog… roedd 'na dri deg ohonan ni i gyd. Aeth genod Wyddgrug i nôl eu gitârs ac mi fuon ni'n canu am oesoedd a siarad bob yn ail. Roedd pawb yn cwyno am eu hathrawon ysgol a'r gwaith cartref roeddan nhw'n gael. Rydan ni i gyd am gadw cysylltiad o hyn ymlaen a dwi wedi cael cyfeiriad e-bost Celt. Dwi'n siŵr byddan ni'n ffrindiau am byth. Fedra i ddim disgwyl tan Steddfod flwyddyn nesa. Ond rŵan mae Dad ar ei ffordd yma. Mae o'n dod i'n nôl ni mewn awr, ac mae'r ddwy arall dal i rochian cysgu!

DYDD SADWRN (12:00 o'r gloch)

Mae hi mor ddiflas adra ar ôl y Steddfod. Mae Kelly a fi wedi bod yn tecstio drwy'r bora a heb gael ateb eto. Pawb dal yn eu gwlâu mae'n siŵr, ar ôl noson fawr neithiwr. O wel… cinio, lobscows eto, iyc! Dwi'n mynd i'r dre pnawn 'ma hefo Kells; dwi'sho prynu CD newydd Gogs.

NOS SADWRN (10:00 o'r gloch)

Welis i Medwyn Parry yn y dre hefo'i fêt Gwyndaf. Aeth Kelly'n goch i gyd pan ofynnon nhw inni fynd i gaffi Joe's hefo nhw. Gawson ni hwyl wedyn yn denu gwylanod hefo *chips* ar y cei. Cae swings a wedyn adra ar bws 5 o'r gloch. Dwi dal yn goch a'r croen wedi dechra plicio.

BORE SUL (11:00 o'r gloch)

Mi ges i freuddwyd neithiwr. Celt yn gofyn imi ei briodi o. Ac mi naethon ni hefyd. *Do* mawr yn St Lucia yn y Caribî – *y works*. Ffrog wen hir, dim strapia i ddangos lliw haul, tiara *diamanté* a bwcê anfarth o lilis gwynion. Priodi ar lan y môr, tywod gwyn, a'r haul yn machlud tu ôl inni yn oren ac yn goch. Siampên drwy'r nos a deffro yn y bora i sŵn y tonna bach ar droed y môr... naci, sŵn Mam yn taflu i fyny yn y bog? Daflis i gardigan amdana i a llusgo fy hun i gyfeiriad y sŵn.

Pan gyrhaeddais y stafall molchi, rhuthrodd Dad allan yn gweiddi '*Paracetemols*' ac '*Andrews*' bob yn ail. Gruddfan i geg y pan roedd Mam a fflyshio i gael gwarad o'r dystiolaeth rhag ofn imi weld. Roedd yr ogla'n ddigon: *chicken tikka masala*, *egg fried rice*, *poppadoms*, *onion bhaji* a tua pedair potelaid o win coch. Dyfalu o'n i wrth gwrs.

'Ti'm yn bell ohoni,' medda Dad wedyn pan gafodd o *sit-down* bach a Mam wedi ei setlo yn y gwely hefo potal ddŵr poeth *Winnie-the-Pooh*, a bagia te oer dros ei llygaid. Mae hi'n ddeg y bore ac mae Mam wedi bod yn sâl ers tua chwech. Noson iâr ei chneithar Dilys oedd yr achlysur. Priodi mewn pythefnos, ar frys, hefo'i bos ers deng mlynadd. Pawb yn meddwl mai hen ferch fydda Dilys.

Mae'r teulu wedi cynhyrfu'n lân, mae hi fel *Royal Wedding* yma ers wsnosa. Cylchgrona *Brides* a *Wedding* yn lympia blêr dros y tŷ i gyd. Rhestra di-ri o betha-ar-ôl-i'w-gwneud, wedi-eu-gwneud, ar-eu-canol, pwy-i-wahodd, pwy-i-beidio, yr-ella's, a'r *NO-NO's* pendant... ac yn y blaen ac yn y blaen.

Dilys a Mam sy i weld yn gafael ynddi. Be ma Derek, ei bos a'i darpar ŵr, yn ei wneud dwn i'm. Ychydig ddyddia yn ôl roedd y ddwy wrthi'n sgwrsio dros banad yn y gegin, es i a chael cip cyflym ar eu rhestrau nhw.

PETHAU PWYSIG I'W GWNEUD:
1. Cael *wax bikini-line*, aelia ac o dan y ceseilia – aw!
2. *French polish* i'r dwylo a *manicure* i'r traed.
3. Lliwio gwallt – lliw gwin a mwyar.
4. Prynu *veil*.

PWY-I-BEIDIO'I-GWAHODD:
1. Anti Delilah – byw'n Maine, Awstralia – rhy bell ac eniwe mae hi'n rhy hen.
2. Yncl Tom – hen fochyn ac mewn cartref

i'r henoed ers blynyddoedd.

3. Mrs Prince – hen ffrind i Nain – *senile*.

4. Trefor Prince – ei mab hi – *senile*.

5. Trudi Prince – ei merch hi – honno'n *senile* hefyd (rhedeg yn y teulu mae'n rhaid!).

Erbyn imi orffan darllan y rhestr, roedd 'na ddau gant a hannar yn dŵad i'r briodas. Roedd Mam wedi sgwennu ar waelod y rhestr:

Ydi dau gant a hanner braidd yn ormod, Dilys bach?

Mae Mam yn licio gadael negeseuon bach i bobol o hyd. Pam na siaradith hi'n blaen, dwi ddim yn gwybod. Dwn i'm be mae Dilys yn ei weld yn Derek a fynta mor debyg i Fartian. Eniwe, erbyn bora ddoe roeddân nhw'n dal i drafod faint o bobl oedd yn dod i'r briodas. Fel hyn aeth eu sgwrs nhw:

MAM: Oes raid iti ofyn i Madj Post?

DILYS: Hen ffrind i Yncl Bert, gŵr Beryl, Mam Kate Mynydd gynt. Byw'n Lerpwl rŵan 'sdi, 'di priodi rhyw Wyddal gwallgo o County Mayo, sy'n yfad ei chyflog hi i gyd.

MAM: (*yn torri ar ei thraws*) Medda Jên, 'dê?

DILYS: O ia.

MAM: Ti'm yn coelio pob dim mae Jên yn ei

ddeud, wyt ti?

DILYS: Yndw, pam?

MAM: O dio'm ots – does dim raid iti wahodd Madj, nagoes?

saib.

DILYS: Hen ffrind i Yncl Bert ydi hi, 'dê?

saib hir tra mae Dilys yn meddwl.

DILYS: Ia...

meddwl eto.

MAM: Rydan ni'n cytuno 'lly.

a beiro goch drwy enw Madj.

A sgwrs hollol ddiflas fel'na roeddan nhw'n gael – dwi wedi dod i'r casgliad fod rhieni a phobol hŷn yn siarad rwts y rhan fwyaf o'r amser. A be sy wedi fy ngwylltio i fwy na dim ydi'r dillad dwi'n *gorfod* eu gwisgo i'r briodas. Mae gen i gwilydd. Mae'r peth yn hollol, hollol hurt a gwirion iawn. Pwy bynnag gynlluniodd dillad morynion *satin*, *peach* maen nhw angen eu saethu! Dwi'n falch fod Mam yn sâl – cosb ydi hyn am fy ngorfodi i wisgo'r wisg clown 'na fory. A rŵan dwi wedi dod o hyd i nodyn arall imi:

Mae dy fam ar streic, rhwng y blwmin briodas 'ma a phob dim, ni fyddaf yn golchi dy ddillad o hyn ymlaen.

Mam.

Ocê, ocê, ac mi rois fwndal yn y peiriant. Biti 'mod i wedi anghofio'r powdwr... wps!

BORE SADWRN (8:30 o'r gloch) Diwrnod y Briodas

Dwi newydd ddeffro ac o, iyc... dwi wedi trio popeth i osgoi gwisgo'r balŵn o ffrog 'na sy'n hongian ar y wardrob. Dwi'n ei chasáu hi... dwi'n mynd i gael *Corn Pops* i frecwast, ella fydda i'n teimlo'n well wedyn.

HWYR NOS SADWRN

Roedd hi'n oer heddiw, digon oer i rewi'ch poer chi. Ro'n i'n rhynnu yn fy ffrog *peach*, *satin*, llewys byr yn do'n? Rhynnu i farwolaeth ac yn edrach fel... wel does gen i ddim geiria i ddisgrifio fy hun.

Mi gyrhaeddon ni'r capal yn y diwadd, wedi amball i hic-yp... sawdl esgid Mam yn torri, yr hamstyr yn penderfynu dianc, a Gethin yn gwrthod symud nes fod Dad yn cytuno fod o'n cael peint o lagyr yn y brecwast priodas. Ar ben hynny do'n i ddim yn cael ista i lawr rhag ofn imi gael *wrinkles* yn fy ffrog. Sefyll fues i am awr a hanner, yn gwylio pawb arall yn sgrialu o'm cwmpas i fel ieir heb benna na brêns. Taswn i'n gwbod ynghynt faswn i wedi aros yn fy mhajamas tan y funud ola wir. Hen lol wirion ydi priodasau.

Mi aeth pob dim yn iawn, ond fod Mam wedi gorfod mynd ag Anti Lil, Lerpwl, i'r tŷ bach yn y canol.

Dwi'n siŵr fasa Mam wedi clywad 'Gwnaf' Dilys yr holl ffordd yng Nghaergybi. Mi waeddodd mor uchel. Jolpan. Roedd y tynnu llunia yn hunlla, roedd pawb mor oer. Roedd lliw croen Dilys yn biws ac yn goch bob yn ail ac roedd hi'n clashio'n ddifrifol hefo'r *peach* a'r bloda melyn.

Erbyn inni gyrraedd tu fewn i'r gwesty, roeddan ni'n fflamgoch hefo'r gwres. 'Nes i ddechra mwynhau o hynny ymlaen. Ges i dynnu'r ffrog wirion 'na a gwisgo fy *combats*. Mi gafodd Gethin ei beint o lagyr, a fuodd o'n sâl am ben Yncl Ned Sir Fôn. Ges i'n chatio i fyny gan yr hync 'ma o Lerpwl. Tal a gorjys, ond o'n i'n dallt dim o be oedd o'n ddeud. Roedd o'n gwenu'n ddel er bod gynno fo sbot ar ei drwyn. Ddysgodd o hen ddywediad o Lerpwl i mi... *'You've gotta ave balls to be a Liverpudlian.'* Ddysgish inna Gymraeg iddo f'ynta:

'Beth yw'r ots gennyf fi am Gymru,
Damwain a hap yw fy mod yn ei libart yn byw.'
Dyna'r unig farddoniaeth o'n i'n gofio.

*'Come back with us an' we'll ger married in
Gretna Green,'* medda fo wedyn.

'Y?' medda fi. Rêl llo. Oedd o isho 'mhriodi...
fi. Jyst fel'na! Ro'n i'n hedfan. Roedd y dyn lyfli 'ma
o Lerpwl isho fy mhriodi i. O'n i'n gwenu fel giât
arno fo. Peth nesa roedden ni'n dawnsio'n wallgo ac
ym mreichia ein gilydd drwy'r nos. Roedd Mam yn
sbio'n flin arna i. Meddwl fod o'n rhy hen imi mae'n
siŵr. Ges i hwyl, beth bynnag.

Oedd hi'n anodd deud ta-ra wrth fy Adonis o
Lerpwl, ond mi sylweddolais i fasa fo ddim yn
syniad da i'w briodi o. Tair ar ddeg ydw i ac mae
'na lot o bysgod eraill yn y môr.

DYDD LLUN (4:00 o'r gloch)

Dwi wedi dechra rownd bapur ers bora 'ma. Cyflog
ceiniog a dima am ddanfon cant o bapura. Ges i fy
mrathu yn fy llaw ar fy niwrnod cynta un gan ryw
rottweiler go beryg. Brathiad bach oedd o – wel
doedd o ddim yn *frathiad* a deud y gwir. Mwy o lyfu

fy llaw i wnaeth o.

'Diolch byth mai ci bach oedd o,' medda Mam, wrth baentio gwinadd ei thraed.

'Mae'r brathiad llawn cyn berycled, ddynas,' poerodd Dad ati. Roedd Dad yn gandryll a dydio rioed wedi licio'r rottweiler 'na. Eniwe roedd Dad yn mynnu taclo Emrys, perchennog y rottweiler. Wyddoch chi be maen nhw'n ddeud am bobol â chŵn? Mae'n wir. Mae pobol yn mynd yn debyg i'w cŵn, ac maen nhw'n dueddol o fihafio fel eu cŵn hefyd. Dydi Emrys ddim yr hawsa i'w daclo. Dipyn o job ydi ei ddallt o'n siarad i gychwyn; rhyw gyfarth mae yntau, fel ei gi. Ac mae ei drwyn o wastad yn rhedag, eto fel ei gi. Dio'm yna i gyd, ac mae o wedi anghofio sut i siarad yn glên hefo pobol. Mae o'n byw ar ei ben ei hun ers blynyddoedd ac mae'r plant yn y pentra 'ma ychydig o'i ofn o. Dio'm yn cymysgu rhyw lawar ac mae o'n cadw ato fo'i hun. Mae 'na rai yn deud ei fod o wedi dechra byta bwyd ci yn ddiweddar. Dwn i'm. Ella dyna pam mae o'n cyfarth. Mi driodd Dad ddeud yn glên wrtho fo, fod rhaid iddo fo gadw Rolo ar dennyn o hyn ymlaen. Mi gyfarthodd Emrys yn ôl:

'Bai yr hogan oedd o, pawb yn gwbod fod rottweilers yn gŵn peryg.'

No-win situation, beryg. Y diwadd oedd i Dad fygwth yr heddlu ar Rolo os oedd o'n trio brathu unrhyw un eto, yn enwedig un o'i blant o.

Ro'n i'n difaru 'mod i wedi agor fy ngheg am y ci. Does 'na ddim byd yn hawdd yn yr hen fyd 'ma nagoes? A' i i weld Kelly ar ôl te. Gawn ni wylio fid.

NOS LUN (yn hwyr)

Pan aeth Kelly a fi i'r siop i nôl y fideo, pwy oedd yn cerdded lawr stryd ond Medwyn Parry a Gwyndaf. Roeddan nhw'n edrych yn cŵl. Y ddau yn gwisgo *combats*. Peth nesa dyma Kelly'n gofyn iddyn nhw ddod i'w thŷ hi i wylio'r fid hefo ni... ac mi ddaethon nhw! Ges i gymaint o sioc fod Kells wedi gofyn iddyn nhw ddod 'nôl hefo ni. Doedd mam Kelly ddim yn meindio o gwbl medda hi. Ond ein bod ni'n cadw'n ddistaw gan fod brodyr Kelly'n cysgu'n llofft. Aros yn y gegin yn siarad hefo Julie ei ffrind ac yfad gwin wnaeth mam Kelly.

Mi gyfaddefodd Kelly wedyn mai'r gwin oedd yn cadw ei mam i fynd. Dydi tad Kelly ddim am ddod 'nôl bellach ac mae ei mam wedi rhyw fath o dderbyn y peth. Ond mae hi'n yfad lot o alcohol medda Kelly.

Roedd yn amlwg fod Kells yn poeni am ei mam yn ddistaw bach, ac mae hi dal i golli ei thad. Mae'n cael mynd i aros hefo'i thad, ond dydi Kells ddim yn or-awyddus achos does 'na ddim byd i'w wneud yn Llanfairfechan a dydi hi ddim yn nabod neb.

Mi aeth y sgwrs yn ddifrifol iawn, felly fel *treat* i bawb es i 'nôl bocs mawr o *Celebrations* o 'mag i ac mi naethon ni'n pedwar eu sglaffio nhw dros gêm o *Monopoly*. Fi enillodd.

Gyrhaeddais i adra am hanner awr wedi deg. Roedd Mam yn cysgu ar y soffa, a Dad yn cysgu ar y llawr. Roedd Gethin yn ei wely. Es i 'ngwely yn meddwl lot am Gwyndaf.

DYDD MAWRTH (11:00 o'r gloch y bore)

Dau ddiwrnod sydd ar ôl o'r gwyliau. Fues i'n e-bostio'n ffrindia Steddfod ni eto bore 'ma. Dim lwc. Maen nhw wedi'n anghofio ni'n sydyn iawn, yndo? Ffrindia am byth wir. Dwi newydd gael panad o *hot choc*, a phan edrychais i ar fy mobeil roedd 'na negas gan Kells:

"*SCÊTS ON. CFRFD M.P. A G.E. AR CEI. CNLLN AR DRD.*"

Y?? Do'n i ddim yn dallt y negas tecst o gwbwl, felly mi ffoniais i hi'n syth 'nôl. A dyna pam dwi ar frys rŵan, rydan ni'n cyfarfod Medwyn Parry a Gwyndaf ar y Cei. Cynllun ar droed... whiii cynhyrfus. A finna'n meddwl nad oedd gena i ffrindia!

NOS FAWRTH (10:00 o'r gloch)

Diolch byth! O'r diwadd. Dwi byth isho diwrnod fel heddiw eto! Dwi'n ista yn fy ngwely hefo potal dŵr poeth a phanad enfawr o *hot choc*. Sôn am ddiwrnod a hannar. Mi aethon ni, Kelly a fi, ar fws hanner awr wedi un ar ddeg i dre. Dyna lle roedd Medwyn Parry a Gwyndaf yno'n barod. Ond nid ar lan y Cei, lle rydan ni'n arfer cyfarfod, ond mewn cwch yn y dŵr. Roedd hi'n braf, a dim awal pan gychwynnon ni. Roedd yr hogia wedi gneud picnic neis inni. Ges i dorheulo yn fy micini a phob dim, tra oedd yr hogia yn rhwyfo am Sir Fôn. Pan oedden ni ynghanol yr Afon Menai, a Chastell Caernarfon yn mynd yn bellach oddi wrthan ni, mi ddoth 'na gwmwl mawr llwyd ac ista uwch 'yn penna ni. Mi gododd yr awel braf yn wynt, a 'mhen dipyn roedd hi'n bwrw glaw yn galad. Ymhen pum munud roedd y picnic yn slwdj gwlyb. Y peth nesa roedd y cwch bach yn cael ei siglo o ochr i ochr. Roedd Kelly wedi mynd i edrych yn welw iawn, ac mi roedd hi'n gafael yn dynn yn ochor y cwch. Doedd yr hogia'n poeni dim, sbowtio geiriau i'n cysuro ni oedden nhw. Gwaethygu wnaeth y tywydd. A deud y gwir mi roedd hi'n storm. Mellt a tharanau, roedd Kelly wedi mynd i grio, a thaflu i fyny ro'n i dros ochor y gwch. Mi gollais i fy nhrowsus yn yr afon rywsut. Mi gollodd Gwyndaf ei rwyf o. Cael a chael oedd hi wedyn, ro'n i'n sicr ein bod ni'n pedwar am foddi, a fydda neb yn darganfod ein cyrff ni. Dyna lle fydden ni'n bedwar sgerbwd mewn bedd gwlyb ar waelod y Fenai.

Petha dwys fel'na oedd yn mynd drwy'n meddwl i pan gofiais yn sydyn am y mobeil yn fy mag. Roedd o'n wlyb – socian a deud y gwir, ond roedd o dal i weithio. Ymhen pum munud roedd y cwch achub hefo ni ac yn ein tywys yn ôl at y Cei. Erbyn inni gyrraedd y Cei, roedd 'na dipyn o dorf wedi casglu. Roedden ni'n crynu o oerni ac yn edrych fel pedwar pysgodyn. Ro'n i'n dal yn fy micini a rhyw grys chwys tila, ac yn teimlo rêl chwech. Ro'n i isho mynd adra'n syth ond roedd yr heddlu eisiau 'gair' hefo ni. O leia gawson ni ddiod boeth yn yr orsaf.

Diolch i Dduw mi ddoth Mam i nôl ni'n syth ac mi gawson ni fynd adra'n ddi-lol, ar ôl ychydig o bregeth am fod yn anghyfrifol ac ati.

'Cynllun ceiniog a dima; hogia,' medda fi wrth Medwyn Parry a Gwyndaf. Ond roedden nhw'n rhy brysur yn meddwl am y cynllun nesa i wrando dim arna i...

DYDD MERCHER (10:00 o'r gloch y bore)

Dwi dal yn fy ngwely ac mae gen i annwyd. Dim syndod ar ôl ddoe. Ffoniodd Medwyn Parry i ymddiheuro gynna a sŵn annwyd arno fo hefyd. Doedd gena i ddim mynadd siarad hefo fo wir. Ffoniais i Kelly gynna, ac mae hithau yn ei gwely hefo'r ffliw. Hy! Diwadd gwych i'r gwylia ha!

DIWRNOD CYNTA 'NÔL YN YR YSGOL

Iyc! Ro'n i wedi gwella digon i fynd 'nôl i'r ysgol gwaetha'r modd. Kelly dal i fod yn sâl.

Myfyriwr newydd ar ymarfer dysgu. Golygus, ifanc. Gawson ni wers Ddrama hefo fo. Diwrnod bendigedig o nefolaidd... Dwi wedi penderfynu mai actores dwi am fod. Actores ar y teledu. Mi enilla i lot fawr o brês am wneud fawr ddim ond sefyllian yn edrach yn ddel a deud amball beth yn synhwyrol. Fedar rhywun actio, medda Mr Owen y myfyriwr newydd. Doedd hi ddim yn hawdd actio coedan. Na chwmwl chwaith. Dries i 'ngora glas. Tynnu'r mic oedd pawb arall.

Amser brêc roedd pawb yn siarad am ein hantur fawr ni yn Afon Menai. Cywilydd. Pawb isho gwbod pob manylyn a Meds Parry yn hapus iawn i adrodd y stori.

Syrpreis! Syrpreis! Mae Siwan Tŷ Capal yn ei hôl, ac yn edrach mor *stunning* ag erioed. Mae ei bol hi'n hollol fflat. Mrs Thomas Tŷ Capal sy'n magu Taran, meddan nhw, ac wedi mopio ar y bychan. Y Parchedig Thomas *off-sick* ers yr enedigaeth. Nerfa. Neu methu wynebu ei braidd. Sioc ydi o medda rhai. Be sy'n fy nghael i ydi fod pob hogyn yn yr ysgol dal i ffansïo Siwan Tŷ Capal. Maen nhw'n gwbod rŵan, tydyn? Gwbod fod 'na jans yn fanna. 'Siwan slag' fydd hi rŵan – wel gin y genod beth bynnag, a fydd yn dal i lafoerio dros Banderas, yr athro delia welodd yr ysgol 'ma erioed! Er fydd 'na neb yn ei alw *fo*'n enwau hyll, fetia i. Welan ni mohono fo eto, mae'n siŵr, mae ei dad wedi gwerthu'r siop chips ym Methesda ac wedi agor clwb nos ym Malaga. Banderas wedi mynd hefo fo. Fydd o fawr o dad i Taran Gwyron a fynta'n byw ym Malaga, yn na fydd? Amball gardyn post pob hyn a hyn fydd hi mae'n siŵr. Mae gin i biti dros Siwan. Mae pawb yn syllu arni yn yr ysgol. Pawb yn gwybod ei hanes hi.

Fydd Siwan yn iawn, fydd y Parchedig a Mrs Thomas yn gefn iddi tra fydd hi eu hangen nhw, ac mae hi'n gwbod hynny. Fydd 'na'm diodda a gorfod crafu ceiniog a methu cael mynd i coleg a ballu. Bydd, fydd Siwan yn ocê a Taran Gwyron hefyd.

Adra amser te, a dwi wedi ymlâdd. Mi gymrith sbel i arfer hefo codi'n gynnar. Ffoniais Kelly ar ôl dod adra o'r ysgol i ddeud am y myfyriwr newydd a Siwan Tŷ Capal. Mae'n dal yn sâl.

Nodyn ar ddrws fy stafell wely:

Dy dad a minna am adeiladu estyniad i dy lofft er mwyn dal yr holl ddillad budron – o leia fydd dim rhaid inni ddiodda'r ogla cymaint wedyn. M xx

Mae Mam yn meddwl ei bod hi mor ddoniol. Nodyn ar ddrws ei stafell wely hi a Dad:

Chi sydd angen estyniad ar eich stafell wely chi – yn y stryd nesa plîs – digon pell – fel 'mod i

*ddim yn clywed eich sŵn aflafar chi bob nos
Wener...*

C. xx

'Na ddeud wrthi.

Ges i salad a chips i de.

NOS FERCHER (6:00 o'r gloch)

Dydi cwningod Gethin ddim yn gall. Maen nhw'n
anfarth, y ddwy ohonyn nhw, mwy fel cŵn na
chwningod. Mae trio eu cadw mewn caets yn
amhosib. Maen nhw wedi tyllu lawnt Dad nes fod
hwnnw'n gacwn hefo'r 'bygars' (gair Dad nid f'un i).
Mi fytan nhw weiran a phren, wel pob dim a deud y
gwir. Fel tasan nhw ddim yn cael digon o fwyd.
Mynnu dianc i'r fynwant maen nhw. Ac ar ôl
cyrraedd yno, mynnu byta bloda *chrysanths* wedi eu
gosod er cof am yr ymadawedig. Gadael y coesa ar
ôl. A'r beddi'n edrach yn foel a thlawd ar eu hola
nhw. Mae Dad wedi ei chael hi ddwywaith yn barod.
Pobol yn cwyno. Rhyw ddyn a'i fab, newydd gladdu
ei wraig ers chwe mis. A'r dyn yn ei alar, isho saethu'r
cwningod. Roedd croeso iddo fo neud yn y fan a'r
lle, o'dd sylw Dad. Nath o ddim chwaith. Mi ddalion

ni nhw yn y diwadd jyst cyn iddi hi dywyllu. Pawb wedi ymlâdd ac yn rhegi'r cwningod. Maen nhw'n gorfod mynd rŵan medda Dad. Doedd Gethin ddim yn hapus, felly mi ddeudodd Mam y basa fo'n cael neidar (fechan). Dwi wedi protestio'n reit gry, ac maen nhw'n gorfod ail-feddwl.

DYDD IAU

Mae hi'n ben blwydd arna i heddiw. Biti 'mod i wedi gorfod mynd i'r ysgol. Ta waeth, ges i gannoedd o gardia, wel un deg chwech ac un gan Medwyn Parry. Ches i ddim un gan Gwyndaf. Biti.

Rŵan dwi'n cael ffag drwy ffenast llofft i ddathlu.

Dwi'n 14 oed heddiw, a dwi'n teimlo'n GRÊT. Maen nhw'n mynd â fi allan am bryd o fwyd i'r Indian yn dre, *meal for four* anfarth, hefo chwe chwrs a choffi wedyn. Ga i lagyr bach a gwin mae'n siŵr. A ffag bach slei yn y bogs.

Dwi'n mynd i gael cawod a dolio. Mae Kelly dal yn sâl!

NOS WENAR (wedi'r Indians noson cynt)

Bore 'ma roedd gena i gur yn fy mhen a phoen yn fy mol. Fues i'n taflu i fyny saith gwaith yn ystod y nos. Gethin wedi taflu i fyny bedair gwaith, Mam dair gwaith, a Dad yn iawn. Roedd 'na giw i'r bog tua dau o'r gloch bora 'ma. Pawb isho chwdu 'run pryd. Roedd 'na uffar o lanast yn y stafall molchi. Cyrri neithiwr wnaeth, mae'n siŵr. Rhyw ddrwg yn y caws yn rhwla. Mae'n siŵr ein bod ni wedi byta ll'godan fawr wedi pydru, neu ddarn o goes ceffyl, neu rywbeth anghynnas felly.

Dechreuodd y noson yn dda. Daeth 'na *kissogram* i mewn i'r Pink Lady rhwng y prif gwrs a'r pwdin. Dyn tân oedd o – a Sam wedi sgwennu ar ei het o. Criw o genod swnllyd ym mhen pella'r Pink oedd yn dathlu rhwbath. Roedd Mam yn trio peidio sbio ond yn amlwg jyst â marw isho gweld y cwbwl. Ges i laff, beth bynnag, a taswn i ddim yn teimlo mor sâl, faswn i'n dal i chwerthin rŵan. Pen blwydd i'w gofio myn diân i!

DYDD IAU (wythnos yn ddiweddarach)

Mentrais i'r ysgol heddiw, a phawb yn deud 'mod i wedi colli llwyth o bwysa. Wrth gwrs roedd gena i lwyth o waith copïo a llwyth o waith cartre ond y drychineb fwya ydi fod Steve wedi gadael ysgol. Mi adawodd wythnos dwytha a mynd i weithio i garej ei ewythr. Wel, ceir ydi ei betha fo. Mi ddoth i'r ysgol yn ei *GTI B Reg* amsar cinio. Hefo Trendi Wendy roedd o'n siarad, a wedyn mi ddeudodd Marged-Ann mewn llais uchel eu bod nhw'n mynd allan hefo'i gilydd ers wythnos. Dyna be oedd sioc. Mi redais i fyny'r cae, yn bell oddi wrthyn nhw. Mi ddoth Shêcs a Poli ar f'ôl i a thrio fy nghysuro i. Roeddwn i'n teimlo'n well ar ôl imi gael bybyl gym gan Shêcs. Ffoniais i Kells yn syth (ar ôl cyrraedd adra) pnawn 'ma. Roedd hi wedi gweld y peth yn dŵad tymor dwytha medda hi. A fy mod i'n well hebddo fo. Sinach. Roedd hi'n well medda hi, ac roedd hi'n dod 'nôl i'r ysgol fory. Hwrê. Ges i *Cup- a-Soup* cyn gwely.

DYDD SADWRN (10:00 o'r gloch y bore)

Nain wedi marw neithiwr. Dwi jyst methu deud y gair... marw. Mae'r gair yn fy meddwl a'r cwbwl dwi'n weld ydi Twmi'r gath yn ddarnau coch dros y lôn. Newydd glywed mae Mam. Mae hi'n crio yn 'i llofft. Mae Dad newydd ddeud wrth Gethin a fi am hel ein petha i fynd i Sir Fôn.

NOS SADWRN

Rydan ni newydd ddod 'nôl o Sir Fôn. Diwrnod uffernol. Roedd pawb yn crio ac yn drist. Dydi Mam ddim yn siarad rhyw lawar, jyst crio neu syllu'n syth yn ei blaen. Mae Dad wedi deud fydd rhaid inni gadw'r iâr rŵan, a'r bwji. Mae Gethin wrth ei fodd – cael iâr a bwji.

PNAWN MERCHER

Diwrnod cynhebrwng Nain oedd hi heddiw.

Ro'n i ofn mynd yn y car, du, hir i'r Crem. Ac mi oedd pawb o'r teulu'n sbio arnon ni. Teulu mewn galar. Dwi'm yn gwbod be mae galar yn ei feddwl. Dwi fod i'w deimlo fo, medda Mam. Roedd pawb biti drostan ni. Bechod. Tosturi yn y llygaid.

Ag ro'n i isho sgrechian:

Roedd hi'n hen.

Roedd hi'n niwsans.

Roedd ei iâr hi'n niwsans.

Roedd hi'n bosio.

Roedd hi isho sylw'n barhaus.

Ond roedd hi'n dal yn Nain imi. A rŵan dwi'n dal methu credu ei bod hi wedi marw. Dwi'n methu deud y gair, dwi ond yn meddwl am Twmi'r gath eto a phan fuodd o farw ar y lôn. Ac mi wnes i freuddwydio am Nain yn ddarnau coch ar hyd y lôn, a'i wig hi wedi hedfan a glanio ar ben gwrych. A'i dannedd gosod hi yn ddarnau melyn dros y lôn. Ro'n i isho chwerthin yn cofio'r freuddwyd, ond doedd fyw imi achos roedd Nain wedi marw.

Pnawn 'ma roedd Nain yn yr arch frown ac aur. Mi giglodd Gethin yn y Crem, wedi gweld pry cop yn hongian o het Mrs Lewis wrth ei ymyl. Doedd o ddim i fod i giglo yn y Crem. A'r teulu mewn galar. Mi aeth yr arch jyst fel'na. Sŵn peiriant ac wedyn mi lithrodd yr arch o'r golwg tu ôl i'r llenni coch lliw gwin. Llithro'n ara bach o'r golwg. Ac roedd Nain wedi marw y tu mewn.

Dwi'n crio rŵan.

Dagra mawr yn gneud fy sgert lwyd i'n ddu. Lwmp fatha *gobstopper* yn fy ngwddw. Mae Nain wedi mynd.

Mae Mam newydd fod yn fy ystafell wely i, wedi 'nghlywed i'n crio medda hi. Mi afaelodd hi yn fy llaw i'n dynn. Roedd fy hancas bapur i yn fy llaw i, roedd hi'n wlyb, yn llawn o ddagrau i Nain. Ddeudodd Mam ddim byd ond gafael yn dynn yn fy llaw i a gwenu.

NOS IAU (wythnos wedyn)

Dwi dal i weld colli Nain. Mae Mam yn dal i grio bob hyn a hyn hefyd. Mi ddeudodd Mam wrtha i am fynd i Youth Club heno. Mi fasa'n gwneud daioni imi medda hi. Doedd 'na fawr o hwyl arna i chwaith. Roedd pawb yn neis iawn hefo fi, yn enwedig Medwyn Parry. Mi wrandawodd o arna i'n siarad am Nain am tua hanner awr, chwara teg iddo fo, ac mi brynodd chips i fi a Kelly ar y ffordd adra o'r Youth Club.

Dwi wedi blino, dwi'n mynd i 'ngwely.

NOS WENAR

Mae 'na fis wedi bod ers i Nain farw. Mae hi'n bedwar
o'r gloch ac mae 'na barti Dolig yn yr ysgol heno. Er
'mod i wedi cytuno i fynd s'gena i ddim llawar o fynadd.
Brynis i ddillad newydd i fynd i'r Paradox – sgert loyw
ddu a choch – teits 'run lliw, bŵts du a thop sy'n cuddio
dim a deud y gwir. Mynd i ddawnsio ydw i wedi'r cyfan
– mae isho bod yn gyfforddus, does?

Doedd Dad ddim yn cytuno wrth gwrs.

'Ti'n galw tamad o neilon hefo un deg chwech
o *sequins* arno fo'n gyfforddus?'

Pâr o slipars a chardigan ydi cyfforddus i Dad.

'Mae o'n ddigon cŵl i ddawnsio ynddo fo, Dad,'
medda finna'n ddi-fynadd.

'Fedri di'm dawnsio yn rheina, siŵr Dduw –
fydd popeth wedi syrthio allan gin ti. Jên, deud wrthi
hi, wir.'

Mi driodd Mam. Ond doedd ganddi hitha ddim
mynadd chwaith.

'Iawn, 'na hynna 'di setlo, ga i fynd rŵan? Neu
fydda i'n colli'r bws,' medda fi a gafael yn fy mag a'i
miglo hi am y drws cefn cyn i'r un ohonyn nhw gael
cyfla i ddeud gair arall – adewais i Dad yn gegagorad
fel rhyw bysgodyn wedi marw.

Mi ddechreuodd y noson yn grêt. Fi a Kells yn cael *Hooch* bach cyn mynd i'r disgo. Giglio a dawnsio'n wirion wedyn. Cael hwyl a wedyn mi ddoth y 'slo's a'r sopis,' a rhywsut neu gilydd mi landish i ym mreichiau Medwyn Parry. Ia, yn ei freichia fo. A neis oedd hynny hefyd. Ond pan ddaeth y gola ymlaen a finna'n codi fy mhen ag agor fy llygaid, roedd Kelly wedi diflannu. Heb ddeud dim, roedd hi wedi mynd. Mi aeth Medwyn a fi y tu ôl i'r gampfa. Wel, roedd 'na chwartar awr nes oedd Dad yn dod i fy nôl i.

A rŵan mae hi'n hwyr y nos a dwi methu cysgu. Dwi wedi cael y noson ryfedda erioed – a dwi mewn cariad,dros-fy-mhen-a'm-clustia-teip-o-gariad. Medwyn Parry ydi'r enw hardda ar wyneb y ddaear.

Medwyn Parry kiss kiss Corin Jones.
2 gether 4 ever.

Dwi isho ei gusanu fo drosto. Dwi'sho sefyll ar flaen y *Titanic* a'r gwynt yn fy ngwallt hefo fo.

Dwi'sho gweiddi o ben yr Wyddfa 'mod i mewn CARIAD HEFO MEDWYN PARRY, a'i enw hardd yn atseinio o gwmpas mynyddoedd Eryri am byth...

OND... Trychineb! Dwi'n ama 'mod i wedi colli

fy ffrind gorau yn y fargen. Wedi'r cyfan Kells oedd yn ffansïo Medwyn Parry, nid y fi.

BORE SADWRN

O, diar. Neithiwr, dwi newydd gofio. Ella ddylwn i ffonio Kells. Na, gwell peidio. Dwi am aros yn fy ngwely am byth.

Fydd 'na NEB... NEB isho fy nabod i ar ôl hyn dwi'n gwbod. O'r cwilydd mwya. Sut fedra i godi o'r gwely 'ma byth eto?

Fedra i ddim, na fedraf?

Fydd rhaid i Mam a Dad gario bwyd ata i ag anfon llythyr at y Prifathro yn egluro 'mod i wedi marw'n sydyn. Fydd rhaid iddyn nhw smalio cael cynhebrwng i mi a smalio galaru am fisoedd. Fydd rhaid i mi fyw yn fy ystafell wely yn gudd am byth. A thyfu'n hen yma. Byth briodi na chael plant. Byth brofi pleserau bywyd eto... fel *Hooch* a chewing gym, dillad newydd, *nail varnish*, a janglio hefo Kells... *O my God*... na, fydd Kells ddim isho siarad hefo fi byth eto...

PNAWN SADWRN

Kelly wedi ffonio i ddeud ei bod hi'n hollol *disgusted* hefo fi, a'i bod hi byth isho siarad hefo fi eto. Roeddwn i'n iawn. Dam. Smalio marw amdani. Doedd Mam ddim yn rhy hapus hefo'r syniad. Wel, i ddeud y gwir mi ddeudodd ei bod yn mynd i anwybyddu'r awgrym, gan ei fod yn hollol boncyrs, ac y dylwn i wynebu'r ffaith 'mod i wedi mynd hefo M.P. a symud ymlaen.

Mae Mam yn gweld petha mor ddu a gwyn.

DYDD LLUN

Wel ges i ddigon o blwc i ddal y bws i'r ysgol heddiw. Doedd y cynllun marw ddim yn ymarferol iawn. Pan gerddais i ar y bws – cododd un ton o chwerthin ofnadwy. M.P. yn ista'n ffrynt yn goch, goch ac yn trio stwffio ei hun i fewn i'w fag ysgol. Gerddis i â 'mhen i'n uchel. Cyfarch M.P. yn boleit a mynd i ista yn yr unig sedd wag ar y bws. 'Nes i anwybyddu Kelly a'r lleill. Dydw i ddim o'i hangen hi eniwe. O'n i'n teimlo fel crio tu mewn ond do'n i ddim yn mynd i adael i'r un deigryn ddianc, a gadael i bawb gael mwy o hwyl am fy mhen i. Erbyn imi gyrraedd yr ysgol roedd pawb wedi tawelu, ac yn amlwg wedi hen anghofio am M.P. a fi.

Erbyn gloch pnawn a finna wedi bod ar fy mhen fy hun drwy'r dydd, ddoth M.P. ata i yn yr iard.

'Sori,' medda fo'n ddistaw.

'Am be?' medda fi.

'Ti'n iawn, wyt?' Roedd ei lygaid o'n ddu ac yn ddyfn yn edrych i mewn i fy rhai i. O'n i'n teimlo fel siocled yn toddi... Roedd y llygaid dela welis i erioed yn edrach arna i rŵan ac yn gwenu.

'Ma 'mhenglinia i'n cnocio,' medda fi. Peth stiwpid, stiwpid i ddeud. 'Nath o chwerthin, a 'nes i chwerthin.

'Dwi'n ca'l maddeuant, 'ta?' awgrymodd y llygaid duon.

'*Dickhead*,' medda fi... Ac mi afaelodd yn fy llaw i a deud:

'Dio'm ots amdanyn nhw, sdi,' gan gyfeirio at Kelly a'i ffrindiau newydd.

'Nac'di,' medda fi, a theimlo rhyw ddeigryn yn sboncio i fy llygaid i.

Pam fod bywyd mor annheg weithia?

DYDD SADWRN (9:00 o'r gloch y bore)

Mae hi wedi bod yn wythnos ryfadd. Heb Kelly. Mae hi'n smalio ei bod hi'n hapus hefo'i ffrindia newydd. Dydi hi ddim wedi torri gair hefo fi ers yr alwad ffôn bnawn Sadwrn dwytha.

Dwi'n teimlo'n ofnadwy o unig hebddi. 'Nes i erioed feddwl y baswn i'n ffansïo Medwyn Parry, heb sôn am fynd allan hefo fo. Dydio ddim fel taswn i wedi ei ddwyn o oddi ar Kelly. Doedd hi ddim yn mynd allan hefo fo p'run bynnag. Mae hi'n ymddwyn yn dwp medda Mam, a dydi hi ddim yn sylweddoli be mae hi wedi ei golli. Dwi'n ei cholli hi, a dwi'n gobeithio daw hi 'nôl.

PNAWN SADWRN (1:00 o'r gloch)

Es i'n syth i weld Medwyn ben bora. Roth o gusan hir, ramantus imi, ag aethon ni am dro i fyny'r mynydd. Roedd 'na eira ar y copa. Roedd hi mor oer roedd fy nhrwyn i'n goch.

Gawson ni banad o'r fflasg ar ben y mynydd, a sbio lawr, yn bell, am hir. Roedd hi'n glir, glir. Naethon ni ddim siarad am hir, hir. Ond gafael dwylo. Wedyn dyma fo'n ei ddeud o, 'Dwi'n dy garu di.'

Jyst fel'na. Ro'n i'n teimlo 'mod i mewn ffilm. Pedwar gair hardd. A'r pedwar gair yn atseinio o gwmpas y mynyddoedd eraill i gyd. Ac yn dod yn ôl aton ni.

Y cwbwl ro'n i'n medru ddeud oedd, 'Y?' Rêl llo.

'Nath o chwerthin, a rhoi sws ar fy nhrwyn. Roedd hwnnw'n rhedag erbyn hyn a finna'n *despret* isho'i sychu fo. O'n i'n hedfan. Fi oedd yr hogan ar y *Titanic*. Fi oedd pob arwres fuodd erioed. Fi oedd yr unig hogan oedd wedi bod mewn cariad erioed.

Erbyn inni orffen cusanu, roedd y ddau ohonan ni wedi suddo rhyw droedfedd i'r eira. Roeddan ni'n sownd yn ein welingtons yn yr eira, ar ben mynydd. Roedd fy nhraed i wedi llosgi hefo oerni erbyn inni gyrraedd adra. Ond roedd fy nghalon i ar dân.

DYDD SUL

Mae 'mhen i ar dân erbyn heddiw.

Dwi'n fy ngwely hefo'r ffliw.

Ac mae Medwyn... Wel, ddim yn yr un gwely. Mae o yn ei wely o.

'Dyna be ydach chi'n gael am galifantio mewn eira, a gwlychu eich traed.'

Diolch, Mam, mae clywad hynna yn help mawr.

Dydi mamau jyst ddim yn cofio sut beth ydi bod mewn cariad am y tro cynta erioed... Yn nac'dyn?

Rhai o'r teitlau diweddaraf yng nghyfres Nofelau'r Arddegau

Glesni addas. Elin ap Hywel (Gomer)
Paid â 'Ngadael i addas. Eleri Dafydd (Gomer)
Dim ond Ti all Achub y Ddynoliaeth addas. Aled P.Jones
(Gwynedd)
Bywyd am Fywyd Mair Wynn Hughes (Gomer)
Callia Alun! Haf Williams (Y Lolfa)
A Gwrandawodd y Môr... addas. Nansi Pritchard
(Carreg Gwalch)
Cariad Cari Helen Davies (Gomer)
Y Garreg Neidr addas. Mari Morgan (Gomer)
Boz a Sleimi Mari Williams (Gomer)
Chwarae'n Troi'n Chwerw Tudur Williams (Carreg Gwalch)

Rydym yn cyhoeddi amryw o nofelau cyfoes diddorol a blaengar. Am restr gyflawn o holl gyhoeddiadau'r Lolfa, mynnwch gopi o'n Catalog newydd lliw-llawn — neu hwyliwch i mewn i **www.ylolfa.com** ar y We Fyd-eang!

TAL-Y-BONT CEREDIGION CYMRU SY24 5AP
e-bost ylolfa@ylolfa.com
y We www.ylolfa.com
ffôn 01970 832304
ffacs 832782
isdn 832813

COLEG LLANDRILLO COLLEGE
LIBRARY RESOURCE CENTRE
CANOLFAN ADNODDAU LLYFRGELL